Das Buch

Ein junger Autor fragte einmal Curt Goetz, wie man ein fesselndes Theaterstück schreibe, und er bekam zur Antwort: »Da sind Sie bei mir an der falschen Adresse, lieber Freund, das müßten Sie das Publikum fragen.« Doch bei einer anderen Gelegenheit verriet er einen kleinen Teil seines Erfolgsrezeptes: »Ich denke immer zuerst daran, mich selber zu unterhalten.« Wie meisterhaft er nicht nur auf der Bühne sein Publikum zu faszinieren verstand, zeigen die vielen Geschichten und Anekdoten, die er selbst gern zum besten gab. Valérie von Martens, seine »angetraute Geliebte«, hat diese Geschichten über und von Curt Goetz noch genauso im Ohr, wie sie ihr Mann vorzutragen pflegte; was sie in diesem Buch an Er-Goetzlichem zusammentrug, ist also im besten Sinn des Wortes authentisch. So empfiehlt sich Goetz auch postum als der große Spaßmacher, als den ihn viele kannten und liebten.

Die Autorin

Valérie von Martens, seit 1923 mit Curt Goetz (gest. 1960) verheiratet, mit dem sie ab 1925 zahlreiche Gastspielreisen mit dessen eigenen Stücken unternahm. 1939 emigrierte das Ehepaar nach Hollywood, kehrte 1945 nach Europa zurück und siedelte sich in der Schweiz an.

Valérie von Martens:
Curt's Geschichten
Kurzgeschichten
von und über Curt Goetz

Deutscher
Taschenbuch
Verlag

dtv

Die Verfasserin hat für ihr Buch bewußt eine von den Regeln abweichende Interpunktion gewählt.

Ungekürzte Ausgabe
Februar 1975
Deutscher Taschenbuch Verlag GmbH & Co. KG, München
Lizenzausgabe der Deutschen Verlags-Anstalt GmbH,
Stuttgart · ISBN 3-421-01581-3
Umschlaggestaltung: Celestino Piatti
Satz: IBV Lichtsatz KG, Berlin
Druck und Bindung: C. H. Beck'sche Buchdruckerei,
Nördlingen
Printed in Germany · ISBN 3-423-01052-5

Inhalt

Vorwort

Der Titel meines Buches – er ist meinem lieben Doktor Werner Wien eingefallen – spannt den Bogen weit, und erleichtert so mein Unterfangen, weil er mir die Freiheit gibt, die Kontinuität außer acht zu lassen. Ich muß keiner Leitlinie folgen, darf Wahres und Erdachtes unvermittelt aneinanderreihen, ich kann Anekdoten über meinen Mann weitergeben, Notizen oder eine seiner ihm ureigentümlichen Reden festhalten, ich kann Briefe die er schrieb oder bekam anführen und dazwischen eines seiner ernsthaften Witzworte zitieren, ich kann Geschichten erzählen die er gern erzählte, und solche die er erdichtet hat. Letztere werden dem Leser, so glaube ich, wohl am besten gefallen. Ich finde ihre Mehrzahl zwar nur skizziert, doch weiß ich so viel von ihnen, daß es mir gelingen sollte, sie im Sinne des Autors weiterzuführen – in meinem kleineren Stil natürlich nur.

Mein Mann erfand immer zuerst »die starke, die gesunde Handlung«, wie er es nannte. Um sie wob er seinen Dialog, der dann zur Hauptsache wurde. Darüber vergaß man zuweilen das Geschehen und durfte es auch vergessen, weil der Dialog selber einem so viel gab. Da er hier fehlt, zeigt es sich um so deutlicher, *wie* stark, *wie* gesund die »story« jedesmal ist.

Aber alle Freiheit, die der Titel gibt, gilt auch für den Leser. Er könnte das Buch aufschlagen wo es ihm beliebte, ohne das Vorhergegangene zu vermissen, weil es hier keinen Anfang und kein Ende geben muß, nur kurze und etwas längere Geschichten von und über Curt Goetz. Und diese könnten eine Lücke ausfüllen helfen, die von seinem Publikum schmerzlich bemerkt wird. »Warum lassen Sie unsern Curt Goetz nicht mehr im Fernsehen laufen, gnädige Frau?« werde ich zum Beispiel gefragt, »so Schönes und Tröstliches wie seine Filme mit ihm selber gibt es doch heute nicht mehr. Man sollte sie unsere Jugend sehen lassen, anstatt derer, die, ihr zum Schaden, gezeigt werden, und auch als Beweis dafür, daß, auf diesem Gebiete wenigstens, unsere Generation Besseres geleistet hat, als es der neuen bis heute gelang.«

Darf ich dazu sagen, daß nicht ich es bin, die durch allzu hohe Forderungen, wie Sie annehmen, mein verehrter Herr W., es hindern konnte oder könnte. Im Gegenteil, seit Jahren kämpfe ich für seine Filme, als Frau allein, und mit der Wahrheit als einziger Waffe in meiner Hand. Wahrlich ein tollkühnes Unterfangen in unserer an Ethik so armen Gegenwart. Und das braucht eben seine Zeit. Doch bis ans gute Ziel, mag eben dieses Buch der Begegnung mit Curt Goetz als Lückenbüßer dienen.

Vorsorglich bemerke ich, daß jede Ähnlichkeit der Figuren mit lebenden Personen rein zufällig wäre.

Womit fange ich an?

Immer schon habe ich Leute beneidet, die schreiben können. Da pflegte mein Mann zu sagen: »Du kannst das auch mein Schätzchen, du mußt es nur tun.«

Das hörte ich gern, und es machte mir Mut.

Aber dann kam die Frage, *womit nur*, fange ich an?

»Mit dem was sich gerade ereignet und dir dabei durch's Köpfchen geht«, sagte er.

»Und *wann?*«

»Heute, gleich jetzt am besten«, meinte er, »Gedanken muß man beim Schopf packen, sie kommen merkwürdigerweise meistens nicht wieder.« Ich aber dachte mir, es müßte ein besonderer Tag dazu sein, und beschloß zum Jahreswechsel zu beginnen, wo man Agenden und Kalender genug bekommt, in die man in den ersten Tagen gewissenhaft einträgt was man nicht vergessen will, bis einem am Ende des Jahres 350 leere Seiten vorwurfsvoll entgegenstarren, auf denen stehen sollte, was man alles vergessen hat. Genau so war es bei mir, und so faßte ich später einmal den Entschluß, mit unserer nächsten Première zu beginnen, oder wenn sich etwas ganz Besonderes ereignen würde.

Manche Première habe ich erleben können, und ungezählte besondere Ereignisse sind vorübergegangen, aber nichts war anscheinend das Richtige gewesen für meinen Anfang. Bis jetzt noch ist es so. Ich sammle wohl Briefe an und mache mir kurze Notizen, weil ich erfahren habe, daß die Zeit Geschehnisse bis zur Unkenntlichkeit verwischen kann, sie oft auslöscht zum völligen Verschwinden, aber richtig niederzuschreiben was ich erlebte, damit habe ich bis jetzt noch nicht begonnen, obwohl ich immer wieder höre und lese: Wann kommen nun *Ihre* Memoiren, gnädige Frau?

Meine Memoiren? Die Zeit da ich die Liebe, meinen Mann, noch nicht kannte, liegt weit zurück, und wie im Nebel. Da lebte ich noch nicht, und konnte deshalb noch nichts erleben. Aber seit ich wieder allein bin, gebildet von ihm und gereift durch ihn, davon allerdings könnte ich viel erzählen, und es müßte unter dem Motto stehen: Was mich nicht umbringt, macht mich stärker. Aber das wäre nicht im Sinne meines Mannes. Denn was ich erlebe in diesen Jahren ist das, wovor er mich zärtlich abgeschirmt hielt: »Die Kehrseite der Medaille«. Ich könnte das allenfalls noch humoristisch einleiten mit einer Betrachtung über die jetzt so oft erwähnten »Unterentwickelten«, auf die wir zu Unrecht herabsehen, weil sie uns in ethischen Belangen weit überlegen sind. Man denke nur an die humane Einrichtung der Witwenverbrennung, die einer Frau ohne Mann erspart, was man mit einer Frau *mit* Mann nie zu versuchen wagte, denn Artigkeit und Ritterlichkeit sind unmodern geworden. Das Beste was unserer armen Welt blieb, sind nette Mittelstürmer im Smoking.

Nein, mit meinen Memoiren ist es nichts, das gäbe ein Buch ohne Humor, deren es genügend gibt.

Ich halte mich lieber an Aufzeichnungen meines Mannes. Einen seiner Ordner zum Beispiel nannte er ›Humor und Witziges‹ und wollte ihn als Buch herausgeben, was ich auch einmal nachholen müßte. Darin gibt es manch Gepfeffertes, das nur notiert und noch nicht »gearbeitet« ist. Das nämlich machte ihm Spaß. Er fand, daß es keine Tat sei, das Ding beim Namen zu nennen, aber genußreich, die Sprache so zu handhaben, daß ungeschrieben dasteht, was man nicht hinschreiben möchte, wenn man Appetitliches mag.

In unserer Jugendzeit da hielt das Publikum den Atem an, wenn ein Dichter ein »starkes Wort« von der Bühne herunter sagen ließ, ein einziges »starkes Wort«. Das saß dann aber auch, und rüttelte auf, und es gehörte persönlicher Mut dazu es sagen zu lassen, der Dichter riskierte etwas damit.

Später wurde es Mode starke Worte aneinandergereiht von der Bühne herunter über das wehrlose Publikum zu ergießen – und es damit für Jahre aus dem Theater zu graulen. Von einem persönlichen Mut des Dichters konnte dabei keine Rede mehr sein, vergleichbar der modernen Kriegführung, bei der Strategen Bomben aus sicheren Höhen auf uns herunterregnen lassen wollen, und durch Bakterien und Giftgase, abgefeuert aus Kilometerentfernung, friedlich spielende Kinder vernichtet werden sollen.

»Jede Wohnung, das weiß jeder«, pflegte mein Mann zu sagen, wenn er nach seinem Urteil über die moderne Richtung gefragt war, »hat ein WC, aber man stellt es nicht in die gute Stube. In ungezählten Jahren haben wir gelernt, uns von Unästhetischem fernzuhalten, warum also sollten wir jetzt freiwillig einen solchen Schritt rückwärts tun, der noch dazu niemand Vorteil brächte?« Als seine Schülerin darf ich vielleicht dazu sagen, daß mich die sklavische Nachahmung des Lebens ernüchtert. Sie wird erst erträglich, wenn ich das Siegel des Künstlers verspüre, der mich die Dinge durch *seine* Brille sehen läßt; denn was *er* der Natur ablauscht, wird durch ihn göttlich – was die Kunst sich zu sein bemüht, solange sie besteht. Und diese Kunst dann in eine Form gegossen die einfach ist, nicht nur von

Experten zu begreifen sondern allgemein verständlich, das ist die *hohe* Kunst. Sie ist nie verschroben, nie überspannt, nie verschnörkelt und verrätselt, sie ist sonnenklar und eben *schön,* wie Lessing zum Beispiel in seinem ›Testament des Johannis‹ sagt: »Die größte Deutlichkeit war mir immer die größte Schönheit.«

In aller Bescheidenheit möchte ich sagen, es sei eher mechanische Photographie als kunstvolle Malerei, das Leben zu zeigen, wie es ist, und der Künstler wäre der Gnade nicht wert, Talent bekommen zu haben, wenn er es nur dazu nütze, die gequälte Menschheit fortwährend in ihren eigenen Unrat zu tunken, anstatt sie hinaufzuheben, dorthin, wohin sie seit jeher verlangt, und sich deshalb einen Himmel erdachte.

Jetzt, Gott sei Dank, bahnen viele junge Leute den Rückzug an aus den Vorzeichen des Untergangs, aus der Gefühlsarmut unserer Zeit. Ich lese es aus ihren Briefen. Sie finden eine geschickte Umschreibung zum Beispiel genußreicher als den platten Ausdruck, schon weil zu einer Umschreibung Geist gehört. Den sucht die Jugend wieder, und Herzenstakt, und Romantik, genau wie wir einmal, und sie hält sich deshalb oft an die Vergangenen, was ich, als Erbin eines solchen kontrollieren und genießen kann. In Statistiken, die alljährlich aufgestellt werden über die Spielpläne der Theater stehen die Klassiker an erster Stelle, dann folgt der sogenannte Schlager des Jahres; eine Übersetzung nur noch, dann kommen Bert Brecht, Curt Goetz, Shaw, Ibsen, Sternheim usw., so daß sich unsere Zeit die der Evergreens nennen könnte.

Über Anekdoten

Kürzlich ist mir auch einer *meiner* alten Ordner in die Hand gekommen, in dem ich im Laufe der Jahre immer wieder mal anfing Geschichten zu sammeln, die über meinen Mann in Zeitungen standen. Ich teilte sie feinsäuberlich ein in solche die wir erlebten, andere, die er erfand, und in die, die man ihm in die Schuhe schob. Gegen letztere hatte er nie viel einzuwenden, da diese ihm »verhältnismäßig wenig Kopfzerbrechen machten«. Und immer waren sie liebenswürdig, witzig und geistreich. Wenn ich mit einer neuen Anekdote über ihn ankam, ließ er sich erst nicht gern stören in seiner Arbeit, genoß sie dann aber doch sehr, und sagte nachher ungefähr:

»Erstens ist sie nicht neu, mein Schätzchen, die habe ich selber schon Erich Kästner angedichtet, doch soll sie von Talleyrand stammen, was aber auch nur angenommen wird. Zweitens hält man uns« – in so einem Falle bezog er mich ein und sagte *uns* – »hält man uns wieder einmal für liebenswürdig, witzig und geistreich, wir wollen es dankbar bei diesem Aberglauben belassen. Und drittens hat mir schon mein erster Verleger, Peter Erichsen, als ich 18 Jahre zählte, verraten, daß an einer Anekdote nichts, aber auch garnichts wahr zu sein braucht, wenn sie nur überzeugend wirkt, und man sie einer Persönlichkeit nachsagt, zu der sie paßt. Letzteres besonders mache so eine Geschichte erst lebendig und damit interessant.

Natürlich, ob nun wahr oder erfunden – mit ausschlaggebend für die Anekdote ist, *wie* sie gebracht wird. Die kleinste Nuance in der Formulierung ist da so wichtig, wie auf der Bühne die Kunst eine Pointe zu setzen. Ich möchte als Beispiel von einer kleinen erfundenen Anekdote berichten, die in zwei verschiedenen Zeitungen verschieden zu lesen stand. Das eine Mal hat der Verfasser mit Phantasie eine Begebenheit zusammengebastelt, die durchaus möglich war, wenn sie in Wirklichkeit auch nicht passiert ist. Es hieß da, daß das »Pünktchen« aus unserem ›Napoleon‹-Film, die reizende Else von Möllendorf, bei uns in Merligen zu Gast gewesen sei – sie war es leider nie –, und als an dem herrlichen Sommertag die Wogen der Begeisterung meines Mannes für »Pünktchen« mit den Wogen des schönen Thuner Sees wetteiferten, hätte ich vom Balkon heruntergerufen: »Curtchen, zieh's Bäuchlein ein!« Ich fand die kleine erfundene Geschichte wohl geeignet dem Leser ein Schmunzeln abzugewinnen. Nun schickte mir jüngst ein Herr, der, wie er schrieb, im Fernsehen den ›Herbst‹ und die ›Kommode‹ genossen habe, den

Zeitungsausschnitt der »wohl witzigsten« Anekdote über meinen Mann:

> Curt Goetz ging einmal vor seinem Haus auf und ab, während seine Frau Valérie von Martens am Fenster lehnte, und, als sie ein junges Mädchen kommen sah, ausrief: »Curt, zieh dein Bäuchlein ein.«

Hier ist der Reiz der ersten Fassung völlig zerstört. Und außerdem, mich, wenn ich das verraten darf, spricht diese Anekdote in *keiner* Form an, weil sie in meinen Augen nicht glaubwürdig ist. Mein Mann hat nämlich nie einen Bauch getragen!

Doch! Ich muß mich da korrigieren – es hat den Anschein, als wäre er tatsächlich einmal etwas aus der Fasson geraten. Lange lange bevor ich ihn kannte, in seinem 22. Lebensjahr müßte das gewesen sein, als sein geliebter Direktor Barnowsky ihm für eine Rolle ein Mieder verordnete, und es vorsichtig so ausdrückte:

»Um Ihre schöne Taille, Herr Goetz, etwas zu betonen ...!«

Mein Mann soll außer sich gewesen sein über dieses »entwürdigende weibliche Vortäuschungsmittel«. Wut und Aufregung stiegen jeden Tag mit der näherrückenden Première, dem 1. März, und dann war die Hauptprobe in Kostüm und Maske am vorletzten Februar da.

»Warum trägt Herr Goetz kein Mieder, Herr Garderobier? Wo bleibt das Mieder für Herrn Goetz das ich angeordnet habe«, so hörte er Barnowskys Stimme, vornehm, aber unheimlich leise aus dem dunklen Zuschauerraum.

»Morgen, Herr Direktor, zur Generalprobe«, rief der Garderobier kleinlaut aus der Kulisse zurück, und wollte auf keinen Fall verraten, daß es ihm nicht gelungen war, meinen Mann zu dem »elenden Fischbeingerüst« zu überreden. Auch zur Generalprobe noch nicht. Dann, zur Première, wurde ihm, unter Assistenz der alten Damenankleiderin das Korsett wie eine Zwangsjacke heimtückisch von hinten übergestülpt und zugeschnürt, während Barnowsky vor der Tür auf und ab defilierte.

Wutgeladen ob des arglistigen Überfalls kam Curt Goetz gerade noch zurecht auf die Bühne, und die Liebeserklärung die er seiner Partnerin hinzuschmettern hatte, bekam durch seine Empörung Hintergrund.

Die Kritik war begeistert.

»Interessant«, hieß es da, »endlich mal keine Limonade aus dem Munde eines Liebhabers, sondern Blut, heißes Blut sogar.«

Durch diese Zensuren hatte mein Mann Oberwasser bekommen und ließ schon in der zweiten Vorstellung den »verhaßten Gegenstand« wieder weg, und Barnowsky, von seiner Leistung in der Rolle besonders angetan, wollte nun auch davon absehen.

Doch der gute alte Garderobier konnte es einfach nicht begreifen. In seinem sanften monotonen Baß sagte er beinahe wehmütig, während er, die Brille auf der dünnen Nasenspitze jonglierend einen Knopf befestigte:

»Et is doch erstklassich jemacht, Herr Jötz, un sitz doch so jut uff Ihn'n, un der Herr Direktor Barnofzky vasteht doch wat von die Sache, un wollte doch Ihr Bestes, Herr Jötz. Se solltn doch in diese Rolle woll etwat vollkomm'ner aussehn, mal'n bisken vamöjender wolln wa mal sarn, un nich so bedürftich wie sonst ümma, Herr Jötz, nich wahr doch, nich? Herr Jötz, nich wahr doch, Herr Jötz?«

Eine Muster-Anekdote

Manche Anekdote über meinen Mann erzähle ich zu gern. Zum Beispiel diese, die in Hamburg, am Vorabend unseres Gastspiels mit ›Hokuspokus‹ im Thalia-Theater spielt. Sie berichtet, daß wir in der triumphalen Abschiedsvorstellung von Zuckmayers ›Fröhlichem Weinberg‹ neben dem gefeierten Autor im Parkett saßen.

> ... da erblickte Curt Goetz einen schlafenden Zuschauer, und flüsterte: »Ich, mein lieber Zuck, bin begeistert, aber dieser Herr zeigt dir den *wahren* Erfolg deines Stückes.«
> Am folgenden Abend war Zuckmayer natürlich auch in der Première von Curt Goetz, kam in der großen Pause, die schlechthin durchapplaudiert wurde, auf die Bühne, und sagte kein Wort. Knapp vor dem Aufgehen des Vorhangs zum 3. Akt rief er noch ganz schnell aus der Kulisse dem Rivalen, der schon in Pose stand, zu: »Du, Curt, neben mir sitzt heute einer, der schläft nicht nur, der schnarcht schon die zwei ersten Akte durch!« Darauf erwiderte Curt Goetz in aller Ruhe, und schon während der Vorhang sich hob: »Lieber Zuck, das ist *dein* Herr von gestern, den nicht einmal ich wachkriegen kann!«

Diese Anekdote ist wunderbar erfunden. Sie gibt ein Bild von der Blütezeit unseres Theaters, in ihrer beglückenden Kollegialität und Neidlosigkeit, und sie ist charakteristisch für meinen Mann. Aber – sie ist nicht wahr, sie könnte es nur sein, sie ist glaubwürdig.

Und deshalb möchte ich mich an die bewährte Erkenntnis halten, und will, was ich zusammengetragen und eingeteilt hatte, kunterbunt durcheinandermengen, und hinschreiben was mein Mann schrieb, und was ihm zugeschrieben wird. Letzteres auf die Gefahr hin, daß ein findiger Leser finde, nur mein Mann könnte die Geschichten über sich erfunden haben.

Eine aus Wien,

so wie sie anno dazumal in der Zeitung zu lesen stand:

Curt Goetz war wieder einmal als Gast in Wien im Theater in der Josephstadt, und besuchte eines Tages einen Heilpraktiker von dem es hieß, er könne lehren, Depressionen erfolgreich zu bekämpfen. Das interessierte nicht nur den Schriftsteller, sondern – man höre und staune – Curt Goetz als Patienten. Denn dieser Autor, der Frohsinn und Laune gepachtet zu haben scheint, und Humor für das Allheilmittel gegen jegliches Übel in der Welt hält, leidet selber unter oft schweren Depressionen. Die Szene bei besagtem Heilpraktiker hat mir der erfolgreichste Autor und Schauspieler unserer Zeit bei einem Interview vorgespielt:

Der Arzt:	Womit kann ich bitt' schön dienen, mein Herr?
Curt Goetz:	Gestatten Sie, mein Name ist ...
Der Arzt:	Den sagn's mir bitt' schön lieber nicht.
Curt Goetz:	Hängt er Ihnen zum Halse raus, wie mir, Herr Doktor?
Der Arzt:	Garnet, bitt' schön, mein Herr, aber er könnt' mich vielleicht stören, und bitt' schön, ich bin kein Doktor nicht.
Curt Goetz:	Also dann, Herr Professor! Diesen Titel wenigstens, werden Sie sich gefallen lassen müssen.
Der Arzt:	Bitt' schön, wann's wolln, mein Herr.
Curt Goetz:	Wie ich hörte, sind Sie ein berühmter Seelenarzt, mal so ausgedrückt, Herr Professor, und ich hätte mir gern ihren Rat geholt, wie ich meine entsetzlichen Depressionen loswerden könnte.
Der Arzt:	Nix is einfacher, bitt' schön ...
Curt Goetz:	Professorchen, sagen Sie das nicht so leichtfertig, ehe Sie meinen Fall kennen.
Der Arzt:	Auch den möcht' ich bitt' schön, lieber nicht wissen. Denn sehn Sie, mein Herr. Depressionen sind Depressionen, ganz genau und grad so wie Masern Masern sind, und a Heuschnupfen a Heuschnupfen is, egal wieso und von wem daß man's hat. Aber ein Mittel dagegen gibt's immer. Grad jetz zum Beispiel, schick' ich alle meine Depressions-Patienten in die Josephstadt, da gastiert einer – hams' eh scho g'hört

von dem – gehns' einen Abend dorthin, und dann sinds' mindestens eine Wochn lang Ihre Depressionen los.

CURT GOETZ: Das ist eine Idee, verehrter Professor, für die allein ich Ihnen, wenn ich dazu befugt wäre, den Doktor h. c. verleihen würde. Und zu diesem einen – wie sagten Sie so reizend »hams' eh scho g'hört von dem« – ginge ich gern, wenn er mir nicht zum Halse heraushinge, weil ich es selber bin.

Eine aus dem ersten Jahr in Berlin

Am Lessing-Theater in Berlin probierte man Strindbergs ›Nach Damaskus‹.

Curt Goetz spielte die Rolle eines Irren.

Nachdem Direktor Barnowsky, der Regie führte, seine berühmt gewordenen Bemerkungen, wie: »Sie gehen anders als Sie sprechen, meine Herrn«, oder »Wie alt sind Sie, Herr Mart? 19? Sehen aus wie 49, weiter bitte«, verbraucht hatte, sagte er:

»Was machen Sie nur da oben, lieber Goetz? Glauben Sie mir, ein Idiot ist ein Mensch genau wie ich.«

»Genau, Herr Direktor«, sagte Curt Goetz, »jetzt weiß ich auch genau, wie ich die Rolle spielen muß, jetzt verstehe ich Sie, Herr Direktor, jetzt sind wir d'accord.«

»Na sehen Sie, lieber Goetz, wir kommen uns mit der Zeit schon näher, wir gleichen einander langsam immer mehr, und Sie sind gar nicht so unbegabt wie Sie aussehen.«

»Darin, Herr Direktor, allerdings unterscheiden wir uns noch sehr«, erwiderte Curt Goetz.

Meine Freundin E. R.

Die meisten Anekdoten über meinen Mann spielen in Künstlerkreisen, vorwiegend natürlich im Theater, und immer wenn ich eine Vorstellung besuche, fallen mir so manche ein. Aber wenn ich mit meiner Freundin E. R. ins Theater ging, mußte ich durch das was sich da fast jedesmal ereignete an ein Erlebnis außerhalb der Bühne denken, das ich später als Anekdote über Curt Goetz in einer Zeitung fand.

E. R. war nämlich sehr nervös. Das heißt, sie war es eigentlich gar nicht, nur wenn wir in den letzten Jahren ins Theater gingen wurde sie nervös, und wenn sie es wurde, dann begann sie sich auszuziehen.

Das passierte allerdings nur in Stücken die sie nicht verstand. Wenn sie sie verstünde, sagte sie, verstünde sie nicht, daß sie gespielt würden. Die Probleme dieser Dramen lägen ihr zu fern, meinte sie. Auch wollte sie, bockbeinig wie sie war, nach den goldenen Regeln des Theaters – die umzustoßen schon so oft vergebens versucht wurde –, unterhalten oder erhoben worden sein, oder etwas gelernt haben. Nun aber fand sie es nicht unterhaltend wenn zum Beispiel Mutter und Sohn oder Bruder und Schwester ein Verhältnis miteinander haben. Bequem vielleicht, »gäbig«, wie man hierzulande sagt, wäre es schon, sagte meine Freundin, der gemeinsamen Adresse wegen, die das Liebespaar bei der Wohnungsnot dann hätte. Aber lustig? Für sie, als Zuschauerin, nicht. Und erhebend? Auch ihren Vater in ständig alkoholisiertem Zustand, und ihre Mutter mit höchst bewegter Vergangenheit könnte sie sich nicht umdenken, dazu wären ihre Eltern – das gab sie zu – noch zu unmodern gewesen. Aber wenn sie nur um ein Weniges später auf die Welt gekommen wären, so behauptete sie, hätten sie sich aus Liebe zu ihr sicherlich so verhalten, daß ihre Tochter sich mit den modernen Bühnentypen hätte identifizieren können, wie das heute jeder Abonnent kann, und deshalb seine diversen Probleme und die diversen perversen seiner Familie auf der Bühne zu sehen *wünscht*, weshalb wir jetzt auch eine Blütezeit des Theaters erleben.

Leider aber war das nicht nachzuholen, und meine Freundin war zu ehrlich ihre ererbte normale Veranlagung zu frisieren, weshalb sie auch ehrlich nervös wurde, wenn auf der Bühne etwas – in ihren unmodernen Augen – Anormales geschah, was dann die angedeuteten Folgen nach sich zog, die sich jedesmal in der gleichen Weise und folgendermaßen abspielten:

Angenommen, nachdem der Vorhang sich gehoben hatte, spricht ein Herr in einem Lichtkegel dicht an der Rampe mit einem Küchenstuhl. Man ist heute so weit geschult, daß man das versteht, und in dem Küchenstuhl, ohne daß man im Programm nach Kommentaren zu suchen braucht, das zweite »Ich« sieht, mit dem jeder doch so gern plaudert. Die übrige Bühne liegt in Finsternis und Stille wie vor Erschaffung der Welt.

Da fällt ein greller Schein, rechts hinten, auf zwei Leute die miteinander sprechen. Ehe man hören kann, was sie zu besprechen haben, ist es um sie wieder zappenduster geworden, und der Herr, im Lichtkegel an der Rampe, unterhält sich weiter mit seinem zweiten Ich, wird aber von dem Beleuchter wieder jäh unterbrochen, weil ein Scheinwerfer, jetzt links hinten, eingeschaltet werden muß, wo fünf Personen anscheinend nach etwas suchen. Gerade wenn man zu bedauern anfängt, daß es nicht *sechs Personen* sind, die *den Autor suchen*, um ihn zu fragen was er eigentlich sagen will mit dem was er sie sagen läßt, wird es einem auch schon wieder schwarz vor den Augen. Und interessant! Denn der Herr im Lichtkegel an der Rampe hat sich in Selbsterforschung die schwierige Frage gestellt, *wie* er eigentlich ist, und lauscht nun angestrengt der Antwort seines vermöbelten Ich. Diese Antwort aber hört das Publikum nicht und soll sie auch nicht hören, weil das die enorme Spannung gibt, in die der Vorhang jetzt fallen muß, um das Publikum eben in dieser enormen Spannung in die Pause zu entlassen. Ein gutes Theaterstück hat seine ehernen Gesetze.

In der Pause sprach meine Freundin kein Wort mit mir. Sie, die mich immer verstand und mich liebte, war böse auf mich, weil sie nervös war. Gott sei Dank war die Pause nur kurz und das Drama konnte weitergehen. Weil es das aber nicht tat, obwohl der Vorhang schon eine ganze Viertelstunde wieder oben war, begann meiner Freundin privates Drama.

Sie neigte sich weit nach vorn und guckte von ihrem Platz, dritte Reihe Nr. 2, die Leute in der Reihe der Reihe nach an. Sie wollte sich davon überzeugen, ob alle genau so tief in sich versunken wären, wie der Herr im Lichtkegel an der Rampe in seinen Küchenstuhl, denn dann konnte sie niemand stören, und niemand würde sie stören in ihrem dringenden Bedürfnis sich zu entkleiden.

Ich saß links von ihr auf Platz Nr. 1, und auf Kohlen, denn ich wußte was jetzt kommen mußte. Und weil sie wußte daß ich das weiß, wendete sie sich etwas zu mir mit dem entwaffnenden Lächeln das Kinder haben, wenn sie hilflos um Verzeihung bitten für etwas das sie nicht lassen können, obwohl es verboten ist. Und dabei zog sie den Clip von ihrem rechten Ohrläppchen. Erleichtert daß ihr der erste Schritt so gut gelungen war, lehnte sie sich zurück in ihren Sitz und holte nun mit freierer Geste den Clip vom linken Ohr, wobei ihr Ellenbogen – sie hieß übrigens Ellen – mich zart anstieß, und sie »Verzeihung« hauchte. Darauf drehte sich meistens unser Vordermann gereizt um, besonders wenn er weiblichen Geschlechts war, worauf Ellen vorwurfsvoll und daher lauter als zu mir noch einmal »Verzeihung« zischte. Danach kam dann aus etwas weiterem Umkreis ein mehrfaches »Pst«, was meine Ellen gelassen überhörte. Ein Nervöser wird nämlich in dem Maße gelassener, als es ihm gelingt, seine Nervosität andern zu über- und an ihnen auszulassen.

Nun hatte die Bühne wieder, und im vollsten Sinne des Wortes das Wort indem viele aufgetreten waren, die alle zugleich und durcheinanderredeten, und schon suchte meine Ellen hinten am Anfang des Nackens nach dem Ende des Reißverschlusses. Sie fummelte dort lang herum weil man ihr dabei absolut nicht helfen durfte. Alleine, so meinte sie, ginge es schwer genug. War der Reißverschluß etwas heruntergezogen und der Hals dadurch freier gemacht, ließ sie ein revolutionäres Atemholen vernehmen. Das war das Zeichen für mich, ihr kostbares Nerzcape von ihren Knien auf meine zu ziehen, um ihr den nächsten Schritt zu erleichtern. Dieser war ein Tritt mit der rechten Fußspitze auf die linke Ferse, die den so plötzlich von hinten angegriffenen linken Schuh zu Boden schnellen ließ, was nicht geräuschlos geschehen konnte, weshalb Ellen sich vorwurfsvoll umsah, und dabei rasch noch den rechten Schuh auf die gleiche Weise »auszog«. Aber auch auf der Bühne ist inzwischen viel vorgegangen, indem unser Herr, im Lichtkegel an der Rampe, Platz genommen hat.

Er sitzt nun auf seinem Ich.

Er blickt sinnend umher und gibt bekannt, daß er nunmehr nicht nur erforschen will *wie*, sondern auch *wo er ist*.

Mit Interesse nimmt er den Schauplatz seines Lebens wahr, die schwarzangemalten Holzstufen auf denen er lebt, die ebenso eingefärbten Sackleinenlappen die ihn als Wände umgeben und an Schnürln die man nicht sehen soll, aber doch sieht, von irgendwo herunterhängen. Mit einem Wort, er betrachtet die Dekoration.

Dekoration heißt, ich habe es nachgeschlagen: Ausschmückung, Verzierung.

Wie sich die Jahre eines Baumes an seinen Ringen zählen lassen, so kann man an Hand der von den Kanten der Stufen abgeschlagenen schwarzen Farbe, und an den Rissen in den Wandlappen die Anzahl der gehabten Vorstellungen errechnen.

Dieses Mal fiel der Vorhang sachte über dem Idyll. Es hatte meine Ellen angeregt zu fragen, *wo* das Stück spielt.

Ich las aus dem Programm: »Der Schauplatz der Handlung...«

»Wieso *Handlung?*«, fauchte Ellen mich an.

»... ist die Gehirnwindungswiese des Hauptdarstellers«, vollendet ich, und da riß Ellen ihr Kleid bis zum Gürtel auf und diesen herunter. Um das Eingreifen der Sittenpolizei – das gab es einmal wirklich – zu verhüten, stellte ich meine arme Freundin schnell in ihre Schuhe zurück, nahm sie an der Hand, und zog sie, ihren Nerz und ihren Gürtel hinter mir her aus dem Theater hinaus.

Schon nach ein paar Atemzügen in frischer Luft, war meine Ellen wieder das umgänglichste Wesen das es auf Erden gab, immer gut aufgelegt, stets bereit einen Scherz zu hören oder zu erzählen, ein offenes Herz für die ganze Welt. Und diese, sich in aller Öffentlichkeit entkleiden wollende Freundin, erinnerte mich dann an einen Abend in New York:

Unser guter Freund, der »Schneider« Knize – stolz und bescheiden zugleich wollte er nur so genannt sein und war doch ein Künstler durch und durch – Adolf Loos, der Architekt, hatte ihm um die Jahrhundertwende den Laden am Graben in Wien gebaut, der nun unter Denkmalschutz steht –, gab seine gepflegte Wohnung in New York gern dazu her, junge Autoren ihre Erstlingswerke oder auch Ältere ihren neuen Opus Leuten der Gesellschaft präsentieren zu lassen, so daß sich die Dollarschweren an einer Produktion am Broadway beteiligen konnten, oder auch nicht.

Meistens nicht.

Was sich bei solcher Gelegenheit einmal ereignete sprach sich herum und eine Zeitung brachte es gedruckt:

> Curt Goetz war anwesend, als ein Neuling unter den Autoren unseres Landes sein Stück, das er in vielen Bildern abrollen ließ, einer Gesellschaft von Interessenten vorlas, und sich dabei ungemein echauffierte. Nach dem dritten Bild bat der Dichter den Hausherrn die Heizung abzustellen, und nach dem vierten die Dame des Hauses seinen Rock ablegen zu dürfen, was beides ihm gern gewährt wurde. Trotzdem löste er dann noch – und sogar ohne zu fragen – im fünften Bild die Krawatte, und im sechsten riß er sein Hemd auf. Da schlug Curt Goetz eine Erholungspause für alle Beteiligten vor, ging zu dem jungen Kollegen, ließ sich mit ihm in ein Gespräch ein, und fragte sehr interessiert, wieviele Bilder dieses Drama denn noch hätte.
>
> »Ich finde es einfach rührend, Mr. Goetz, daß Sie, als arrivierter

Autor, so großes Interesse an meinem ersten Versuch haben«, sagte der Dichter geschmeichelt und verlegen zugleich, und mußte dabei den Knopf des Hosenbundes öffnen, weil er sonst, wie er meinte, einem überhitzten Kessel gleich, zerspringen müßte.
»Sie ahnen nicht, *wie* groß mein Interesse daran ist, zu erfahren, wieviele Bilder dieses Stückes wir noch vor uns haben«, erwiderte Curt Goetz enthusiastisch.
»Warum eigentlich, Mr. Goetz«, fragte der Gefragte.
»Wegen meiner kleinen Frau – eigentlich – die neben mir in der ersten Stuhlreihe Ihnen gegenüber sitzt«, sagte Curt Goetz, und knöpfte dabei dem Dichterling Hose und Hemd väterlich wieder zu.

Drei gelungene Antworten

Fast täglich brachte die Post Manuskripte, die ich gewissenhaft las, so daß mein Mann sie dann nur durchblättern mußte, und mir den Antwortbrief andeuten konnte. Schlimmer war es, wenn ein Autor sein Werk selber brachte, es eigenhändig wieder in Empfang nehmen, und auch gleich eine Kritik hören wollte. Manche der gelungenen Antworten die mein Mann dann gab, hatte ich mir notiert:

»Herr Goetz, glauben Sie mir, ich habe dieses Stück mit meinem Herzblut geschrieben«, sagte ein sehr junger Autor.

»Tja, mein Lieber, Sie hätten Tinte kaufen sollen, man muß in seine Arbeit etwas investieren«, sagte mein Mann.

»Bitte, raten Sie mir, Herr Goetz! Wie schreibt man ein fesselndes Theaterstück?«

»Da sind Sie bei mir an der falschen Adresse, lieber Freund, das müßten Sie das Publikum fragen.«

»Wenn ich an einem Stück schreibe, Herr Goetz, bin ich so aufgeregt, daß ich nächtelang nicht schlafen kann. Ich bin sicher, es geht Ihnen auch so. Ich habe schon alles versucht, Schäfchen zählen, Vaterunser beten, es hilft alles nichts. Ich kann einfach nicht einschlafen!«

»Versuchen Sie's doch mal mit einem Selbstgespräch«, meinte mein Mann.

Drei merkwürdige Rezepte

Viele Jahre ehe wir uns kannten, war mein Mann schon befreundet mit dem sehr beliebten Zahnarzt Professor Dr. Franz Ernst von der Charité in Berlin, der an der Ecke Sophie-Charlotte-Platz und Windscheidstraße wohnte, und da auch seine große Privatpraxis hatte. Immer wenn ich dort vorbeifahre sehe ich hinauf zu den Fenstern im ersten Stock, und es fällt mir manche schöne Stunde ein. Wie viele gastliche und vergnügte Abende haben wir da oben verbracht! Vielmehr waren es Nächte, denn unsere Abende fingen ja immer erst nach unseren Vorstellungen gegen Mitternacht an.

Zu gern erzählte Fränzchen, der Professor, Episoden die er mit meinem Mann im Jagdhaus in Ferbitz erlebte wenn sie auf den Bock gingen, oder nach Enten, Fasanen und Hasen. Den Vorzug aber gab er einer Geschichte, über die seine Gäste immer wieder herzlich lachten wenn er sie zum besten gab, und die er sogar schriftlich belegen konnte:

»Ich habe mich jedesmal ganz schrecklich geärgert«, begann der Professor dann, »wenn mir ein Verlag, unaufgefordert, seine Neuerscheinungen zuschickte, die ich natürlich aufpackte, denn ich konnte ja vorher nicht wissen, was mir da zugestellt wurde. Aber einmal geöffnet, mußte die Sache, mit vollem Porto natürlich, retourgehen, denn ich bringe es einfach nicht übers Herz, einem Verlag ein Paket unfrankiert zurückzuschicken. Aber da schaffte mein Freund Curt Goetz endgültig Abhilfe auf seine besondere Art!

Er verlange eines schönen Tages drei merkwürdige Rezepte von mir. Von mir, seinem Zahnarzt. Eines gegen Bandwürmer, eines gegen Sodbrennen und das dritte gegen Schweißfüße, und er wollte mir durchaus nicht verraten, was es sollte, bis er mir folgenden Brief zur Unterschrift vorlegte:

An den Verlag XYZ.
Sehr geehrte Herrn,
hiermit erlaube ich mir, Ihnen drei Rezepte zu übersenden.
Nr. 1 hat sich bei an Sodbrennen leidenden Katzen besonders wirkungsvoll erwiesen.
Nr. 2 treibt Sittichen Bandwürmer erfolgreich und schmerzlos ab.
Nr. 3 wird sich bei Schweißfüßen von Mensch und Tier immer aufs beste bewähren.
Vielleicht haben Sie im Augenblick genau so wenig Verwendung

für meine Rezepte, wie ich für Ihre Neuerscheinungen, die Sie, wie ich aus Ihren zusätzlichen Briefen ersehe, für ausgezeichnet halten. Das gleiche erlaube ich mir von meinen Rezepten zu behaupten.

Ferner legen Sie mir eine Rechnung über 24.50 bei, wogegen meine Liquidation für meine Rezepte 25 Mark ausmacht. Sollten Sie mir freundlicherweise weitere Neuerscheinungen zugehen lassen, die ich dann nicht mehr retournieren werde, würde ich diese mit weiteren Rezepten begleichen.

Hochachtungsvoll

»Es fiel mir damals wirklich schwer«, sagte der Professor, »meinen Namen unter diesen Brief zu setzen und mich dadurch mit fremden Federn zu schmücken, denn unter diesen Brief gehörte nur ein Name: *Curt Goetz.«*

Dazu fällt mir etwas ein, das ich als Zeitungsnotiz aus dem Jahre 1935 fand:

Hans Albers bekam auf einer Probe ganz plötzlich arge Zahnschmerzen und fragte Curt Goetz, ob er ihm seinen Zahnarzt empfehlen könne, ob dieser schmerzlos Zähne zöge. Darauf antwortete Curt Goetz:

»Im allgemeinen schon, mein lieber Hans, nur unlängst, da hat er sich bei einem Patienten fast den Arm dabei ausgekugelt und klagte dann über schreckliche Schmerzen, so daß ich, von der Probe weg, ihn in die Klinik fahren mußte.«

Das Debut

Mein Mann beschreibt in seinen ›Memoiren des Peterhans von Binningen‹ sein erstes Auftreten als Sechzehnjähriger bei der Schulschlußfeier des Stadt-Gymnasiums in Halle an der Saale, von der Tante Klärchen sagte, daß sie mit einem »hermetischen Beifall« für den Franz Moor endete, den Peterhans eben damals verkörpert hatte. Aber zu gern erzählte mein Mann von einem Jungen, der mit acht oder neun oder zehn Jahren das erste Mal in seinem Leben in einem Kindermärchen, unter bemerkenswerten Umständen auf der Bühne stand, die aber so genau in das Leben von Peterhans passen, daß es sein könnte, mein Mann selber wäre dieser Junge gewesen. Auch die Art, wie er die Wirkung seiner Erzählung auf seine Zuhörer jedesmal heimlich genoß, ließ es mich immer wieder vermuten. Und erlebt nicht jeder Mensch sein ureigenstes Leben, so daß man oft zu sagen versucht ist, diese oder jene Begebenheit *kann* nur diesem oder jenem und keinem andern zugestoßen sein? Ich nenne den ominösen Jungen hier deshalb ganz einfach Peterhans von Binningen.

Auch im Stadttheater in Halle an der Saale wurde um die Weihnachtszeit ein Märchen aufgeführt, und Karlchen Spier war ausersehen darin mitzuspielen. Er war der Sohn des Theaterportiers und drückte die Schulbank neben Peterhans. Alles beneidete Karlchen um die 20 Pfennig die er pro Vorstellung bekam, aber Peterhans beneidete ihn um das Mitspielendürfen. Er hatte kein Butterbrötchen mehr beim Pedelltöchterchen gekauft, ging mit knurrendem Magen aus der Pause, und sparte lieber für einen Stehplatz zur Première.

Endlich war sie da. Peterhans stand auf der Galerie und wartete auf Karlchens großen Auftritt im 2. Akt. Und nun kam er:

Die Erde öffnete sich, und aus schwarzer Tiefe stieg Karlchen als Drache herauf. Die Kinder im Zuschauerraum fingen an zu kichern vor Angst, als das Untier seinem beschuppten Schweif mit dem Hinterbein einen Schlenker gab, daß dieser dröhnend auf den Boden schlug, wonach die Versenkung sich unter Baßgeigentönen wieder schloß. Dann fiel das Orchester in Dreivierteltakt, zu dem der Drache sich auf die Hinterbeine hebend, Tanzschritte machte, und mit den Pfoten den Takt dazu gab.

Zwei Schrittchen nach rechts,
und zwei nach links.

Zwei nach rechts,
und zwei wieder nach links!

Dann kam eine Pause, in der nur die Bläser bliesen und dann trat der Prinz auf. Mit seinem goldenen Degen machte er eine beschwörende Geste zum Drachen hin, worauf das Unglaubliche geschah: Der Drache flog durch die Luft, und verschwand in den Höhen.

Von diesem Drachen hatte Peterhans nachts geträumt, aber seit er ihn tatsächlich hatte wegfliegen sehen, konnte er nicht mehr schlafen, und träumte wach: Einmal, ein einziges Mal dieser Drache sein dürfen!

Peterhans besprach sich mit Karlchen Spier, und dieser ließ sich bereden. Für eine Mark wollte er sich einmal vertreten lassen, wobei das Wichtigste blieb, daß niemand, besonders nicht Herr Regisseur Huttich, der jedesmal selber die Flugmaschine auf der Brücke bediente, damit ja alles mit dem Drachen klappte, den Tausch entdeckte, denn dann würde Karlchen als Schauspieler erledigt sein!

Schon am nächsten Sonnabend schien ihm Peterhans reif genug, die Rolle zu übernehmen.

»Merk' dir chja«, sagte Karlchen in reinstem Hallenser Dialekt, »wenn's im 2. Akt treimal glingelt, gähste a dembo aus der Karderobe raus, nach rechts dän lang'n Gang runder, dort die Treppe abwärts, und da schdäht dann schon Herr Schiermer und schnalld dir dän Kürtl von der Fluchmaschine rum. Dann schdellt er dich auf die Versenkung, du machst nischt bis die Musik 3mal Cä, Gä, E von oben runder macht, dann noch das lange diefe Gäh und das ganze diefe Cäh erdönd, und dann gommt der Treiviertldakt sowieso kleich.«

Ein und eine halbe Stunde vor der Vorstellung, als noch niemand im Hause war, holte Karlchen heimlich den Garderobeschlüssel vom Schwarzen Brett aus Vaters Portierloge, und zog Peterhans über die Bühne, die nur ein mühsames Licht von der Notbeleuchtung bekam.

Peterhans blieb stehen.

»Gomm', mache hin«, sagte Karlchen.

»Nur einen Augenblick laß mich hier stehen«, flüsterte Peterhans gebannt Der kleine Kerl spürte die Verzauberungskraft des Ortes, und vielleicht schon bewußt sog er die Theaterluft ein, diese Luft aus Phantasie, Leim, Farbe, Mastix und Staub, die er sein Leben lang atmen würde. Das wußte er jetzt schon ganz genau.

In der Garderobe stürzte er sich sogleich auf den Drachenkopf aus Pappe, der neben allerhand buntem Zeug an der Wand hing. Grünglänzend wie von klebrigem Schleim aus einer nassen Unterwelt war er, mit lüsternen Nüstern und gefährlich weißen Zähnen hinter blutigen Lefzen. Peterhans setzte den Kopf auf, und wieder ab, und wieder auf und wieder ab, und lief von einem Spiegel zum andern und kostete aus, daß er es wirklich selber war, er, der Drache.

Jetzt holte Karlchen das Kostüm aus dem Schrank, ein grünes Trikot an dem Stacheln baumelten wenn man es in der Hand hielt, die aber dann unheimlich spitz vom Körper standen, wenn es angezogen war. Dazu kamen Hände und Füße in vier wattierte Tatzen mit langen glänzenden Krallen. Das Schönste aber war der beschuppte Schweif, der, hinten an der Taille angenäht, wie eine Schleppe ellenlang dranhing.

Peterhans riß sich die Kleider vom Leibe, und Karlchen begann ihm das Kostüm anzulegen. Das ging nicht ganz leicht, denn Peterhans war größer und auch etwas fülliger als sein Freund. Nun kam das Trikot dran. Aber das ging schon gar nicht. Das war um vieles zu eng.

»An alles denkd mer, an so was denkd mer nicht«, sagte Karlchen kleinlaut.

»Ich zieh einfach meine Wäsche aus«, sagte Peterhans, tat es, und richtig, es war zwar noch immer nicht ganz leicht hinzukommen, doch es ging. Und es sah dann wunderbar aus, als wär's kein Kostüm, als wär's seine eigene grüne Haut. »Krossartch«, sagte Karlchen, »und jetzt mache ich raus! Mach's gut! Hals- und Beinbruch, und mein'n Sächn haste!« Er spuckte Peterhans dreimal über die linke Schulter nach Schauspielerbrauch, und draußen war er.

Peterhans überkam ein Glücksgefühl. Er war im Theater! In jenem Trakt des geheimnisträchtigen Hauses, zu dem nur ein kleines Türchen den Zugang gewährt, auf dem geschrieben steht:

Unbefugten ist der Eintritt verboten!

Und da war Peterhans in seinem Himmel, und in ungetrübtem Glück, in ganz bewußter Seligkeit wartete er still und ruhig auf das dreifache Glockenzeichen im 2. Akt, und versenkte sich in seine bevorstehende erste Rolle.

Wie wollte er die Kinder da unten das Gruseln lehren und die Pause nutzen, in der Karlchen nur einfach stillstehen mußte um auf den Walzertakt zu warten. Was konnte man sich dazu nicht alles einfallen lassen, um das Publikum gleich in Bann zu ziehen und die kleinen Herzen da drunten erzittern zu machen, daß sie davon träumen und es im Leben nicht vergessen würden!

Da klingelte es dreimal!

Peterhans wußte genau: Rechts den langen Gang entlang und zwei Absätze der Wendeltreppe hinunter. Da stand auch schon Herr Schiermer, legte ihm den Gürtel um die Taille mit dem großen Ring an den ein Riesenkarabiner kam, der in einem unsichtbaren Drahtseil von oben herunterhing, stellte ihn mitten auf die Versenkungsplattform, die sich langsam zu heben begann. Das Orchester wurde immer lauter, jetzt fiel das grelle Licht von der Rampe durch die Löcher der Drachenaugen in seine, dann brannten die Scheinwerfer von oben dazu, ein Raunen aus dem Zuschauerraum war für seine Ohren die Musik, die er im Leben nicht mehr missen wollte.

Da kam sein Stichwort! Dreimal, langsam und unheilkündend ertönte der Dreiklang vom hohen C nach unten, und dann wartete Peterhans nicht tatenlos auf den Dreivierteltakt. Er guckte nach rechts und dann nach links, denn der Drache wollte doch erst mal sehen wo er war! Dann streckte der Höhlenbewohner den Kopf kerzengrad in die Höhe, um die ungewohnte Luft so richtig einzusaugen. Dann hob er nacheinander die einzelnen Glieder aus den Gelenken, die vom Kriechen durch Grotten und Gestein steif eingezogen waren, des Streckens ungewohnt! Dann machte er den Rachen weit auf und schaute begehrlich herum, ob da nicht ein leckerer Bissen zu schnappen wäre unter den zarten kleinen Mädelchen. Und die Kinder kreischten vor Angst und Freude! Dann erklang das tiefe G, wobei sich die Versenkung lautlos wieder schloß, bis das C anhielt und der Dreivierteltakt einsetzte.

Zwei Schrittchen nach rechts,
und zwei nach links,
zwei nach rechts,
und zwei wieder nach links!

Da trat der Prinz aus der Kulisse, und erhob seinen goldenen Degen gegen den Drachen, der sich unter dieser magischen Kraft zu winden begann. Dann spürte Peterhans wie sich sein Gürtel straffte, ihn in die Höhe zu ziehen versuchte, aber es gelang nicht, die Füße blieben auf dem Boden. Noch einmal erhob der Prinz sein Schwert, und blickte dabei zum Himmel (zu Herrn Regisseur Huttich, oben, auf der Brücke, an der Flugmaschine).

Darauf bekam Peterhans einen etwas unsanften Ruck auf den Magen, fühlte aber, daß die Erde ihn nicht loslassen wollte, daß sie ihn festhielt mit Kraft. Noch ein drittes Mal machte der Königsohn seine beschwörende Geste zum Drachen hin, und da – koste es was es wolle – kam ein erbarmungsloses Zerren von oben. Ein Gefühl des Zerrissenwerdens quer durch die Mitte, durchfuhr Peterhans; er sauste in die Höhe und wirbelte wie ein wildgewordener Kreisel, in weiten Bögen noch dazu, durch die Luft. Ihm wurde heiß und kalt zugleich, heiß oben herum, und kalt in den unteren Regionen, denn das schöne grüne Trikot mit dem prächtigen Drachenschweif flog nicht mit, die sah er tief unten auf der Bühne liegen. Dem Prinzen fiel sein goldener Degen aus der Hand, dem Kapellmeister blieb der Taktstock in der Luft hängen, das ganze Orchester – unisono wie sonst nie – vergaß weiterzuspielen, erhob sich geisterhaft, und reckte in Stille erstarrt die Hälse nach oben, die Prinzessin kam auf die Bühne gestürzt obwohl ihr Stichwort noch gar nicht gefallen war, und, das Stupsnäschen hoch in die Luft gestreckt, stolperte sie und schlug der Länge lang hin, der König und die Königin kamen zu Hilfe geeilt und hielten sich dabei die Bäuche vor Lachen, was dem ganzen Hofstaat es ihnen gleichzutun gebot, denn der Herr Regisseur Huttich hatte vergessen, den Drachen gänzlich in die Höhe zu kurbeln, dieweil auch er unverwandt auf das noch nie dagewesene Märchenwesen – halb Drache, halb splitternackter Junge – starrte, das nun allmählich ausschwingend, sich von dem allzu gewaltigen Ruck zu erholen begann, jetzt wie ein Luster in der Mitte der Bühne herunterhing, und sich nur noch langsam drehte, um sich von allen Seiten bewundern zu lassen. Ein Sturmapplaus setzte ein, wodurch der Direktor endlich selber aus einer Starre erwachte, aus seiner Loge auf die Bühne stürzte und in letzter Geistesgegenwart den Vorhang fallen ließ.

Was war geschehen?

Karlchen hatte an alles gedacht, »aber an so was denkt mer äbn nich!« Bevor die Tanzschritte kamen, diese

Zwei Schrittchen nach rechts,
zwei nach links,
Zwei nach rechts,
und zwei wieder nach links,

mußte der rechte Drachenfuß dem Drachenschweif einen Schlenker nach der Seite geben – so wie Damen dies mit ihren Schleppen tun – auf daß er nicht in die Versenkung geklemmt würde, wenn sich die Klappe wieder schloß.

Ja, das hatte Karlchen Spier vergessen, und so konnte es geschehen, daß das Kostüm, von dem schönen schuppigen Drachenschweif festgehalten in der Versenkung, durch den so gewaltigen Ruck des Herrn Regisseurs an der Flugmaschine, in der Mitte zerriß, wodurch

Peterhans von Binningen bei seinem Debut einen Applaus erntete, den er ein Leben lang wieder zu erreichen sich hätte bemühen müssen, – und sich vielleicht auch redlich bemühte.

Noch drei gelungene Antworten

Als wir einmal ein Kurfürstendammcafé betraten, winkte uns freundlich ein Herr an seinen Tisch da keiner sonst frei war, und stellte sich vor:

»Sie kennen sicher meinen Namen, Arnold Brätls, Schriftsteller, wenn Sie gestatten. Bitte setzen Sie sich ruhig zu mir. Ich werde Sie zwar nicht unterhalten können, weil ich für mein neues Stück tief in Gedanken bin.«

»Wessen«, fragte mein Mann, und wir nahmen Platz.

Mein Mann gab einem Autor sein Manuskript zurück und sagte:

»Das Schreiben strengt Sie wohl sehr an?«

»Das kann man wohl sagen! Abends falle ich nur so ins Bett. Aber interessant, Herr Goetz! Wie kommen Sie gerade darauf?«

»Ganz einfach, lieber Freund, weil man beim Lesen so müde wird.«

»Wie machen Sie das nur, Herr Goetz«, fragte ein Schriftsteller den großen Meister der Komödie, »ich kann von der Dichtkunst nicht leben!«

»Das beruht meistens auf Gegenseitigkeit, mein Lieber«, antwortete Curt Goetz.

In einem Abendtäschchen, aus lauter weißen Perlen gestickt, das ich in den ersten Berliner Jahren zur Trauung eines ganz süßen Pärchens trug, fand ich nach langer Zeit den verblichenen Durchschlag der Rede wieder, die mein Mann an der Hochzeitstafel eben dieses süßen Pärchens hielt. Sie rührte mich sehr, und tut es heute noch, obwohl sie voller Pointen steckt. Ich wollte sie schon in einem der Memoirenbände unterbringen, doch mußte dort vieles aus Platz- und Zeitmangel wegbleiben. Aber zum Glück habe ich sie mir damals ins reine getippt, denn der Durchschlag war nur noch schwer zu entziffern gewesen, und wäre heute sicher schon unleserlich.

Es war die Hochzeit von unserem Ännchen, von

Anna Maria Tatjana Schmidt,

wie es so ungleich, so unvereinbar fast, in ihren Papieren zu lesen stand. Sie war eine kleine Geigerin, die mein Mann kannte ehe sie geboren war, weil er mit ihrem Vater, einem Cellisten aus dem Staatsopernorchester gern Duette spielte, der genau so hieß wie mein auch beruflich Cello spielender Schwiegervater, Bernhard Schmidt. Er fiel im Ersten Weltkrieg, danach zog die Mutter mit dem Kind nach Italien. 1923 kamen sie wieder nach Berlin zurück, und mein Mann nahm sich ihrer an, so daß er damit eben »Vati« für die beiden war.

Ännchen kam oft zu uns in die Fredericiastraße 1, um mit ihrer Mutter, der »ruuussischen Seeeele« mit dem schönen Namen Ita Petrowna, die die Bratsche spielte, zu musizieren, mit meinem Mann am Cello, während ich am Klavier stümperte.

Mein Mann und sein Cello! Es war nicht nur sein Hobby, sondern seine große Liebe, und oft photographierte ich ihn, nah seinem Ohr die schöne italienische Schnecke, die so gut zu seinem feingeschnittenen Profil paßte.

Neun Celli hatte er und konnte nie widerstehen, wenn er von einem »schönen Italiener« hörte. Fünf davon habe ich noch und lasse sie in seinem Sinne bei jungen Künstlern, die sich keines borgen können. Das Cello, das mein Mann in den letzten Jahren spielte, hatte ihm Walter Gieseking noch vor dem Krieg gebracht. Es war ein prächtiges Instrument mit einem aufwärtsgeflammten Boden, der wie ein Achat glänzte. Nun wurde es von einem gewissenlosen Händler nach USA verschleppt, weil ich, vertrauensselig, es einer

Frau mitgab, die mir liebevoll angetragen hatte es zu überholen. Acht Jahre lang hatte es damals ungespielt in der Bücherecke im stillen Arbeitszimmer seines Herrn gelehnt, und ich stimmte gern zu, es wieder einmal »pflegen« zu lassen. Und dann habe ich es nicht wiedergesehen. Ich zahle eben dafür, daß ich ein Leben mit einem integren Mann verbrachte, und kann nicht umlernen auf Schliche und Abgründe der menschlichen Seele, vor denen er mich so sorgsam abgeschirmt hielt.

Gebr. Gagliano kann man durch die F-Löcher auf einem Zettel lesen, und wenn mir dieses geliebte Cello wieder unter die Augen kommt – woran ich fest glaube – bezahle ich gern jeden Preis für dieses Instrument auf dem die guten Hände meines Mannes täglich mit so viel Hingebung gespielt haben.

Edwin Heyer vom Deutschen Opernhaus wohnte auch im Hause, genau unter uns, und kam dann gern mit einer Flasche guten Weines um zuzuhören, wenn »Rußland« bei uns war, und manchmal sang er auch, was dann die Krönung unserer Musiknächte war.

Ännchen heiratete nach Amerika, New Mexico, und wie zum Hohne, einen Mr. Smith. Bald gingen sie nach Rußland und seither blieben sie für uns verschollen. Nur noch die Anzeige des zweiten Babys, das sie nach ihrer Mutter Ita Petrowna nannten, erreichte uns.

Ich hatte meinen Mann gebeten diese Rede für meine auch künstlerisch so begabte Nichte zu halten – stolz nennt die ganze Familie sie jetzt Frau Professor Ingeborg Gampl, Kirchenrechtlerin an der Universität in Wien – von der mein Mann, wenn er mir besonders Liebes sagen wollte, behauptete, daß sie mir nachgeraten sei. Ihre Trauung sollte auf den 11. Juli fallen, auf genau denselben Tag, 18 Jahre nach der unseres »russischen Töchterchens«. Er brauchte die Rede nur ein wenig abzuändern, um sie seiner Inge anzupassen. Doch hier ist sie im Original:

Tischrede zur Hochzeit
unseres Töchterchens Anna Maria Tatjana

Berlin, Eden-Hotel
11. Juli 1933

»Wie ich sehe, sind alle hier Geladenen eher traurig gestimmt, als zu Späßen aufgelegt, wenn wir dich, mein Töchterchen Anna Maria Tatjana, im Brautkleid vor uns sehen, und ich fürchte, es wird mir nur schwer gelingen diese erlesene Tafelrunde zum Lachen zu bringen, was sie füglich von mir erwartet. Aber dieses Mal, mein inniggeliebtes Ännchen, geht es mir geradewegs ans Herz. Es kommt ja auch nicht allzuoft im Leben vor, daß man zum ersten Mal eine Tochter weggeben muß, und da gehen einem eben allerhand Gedanken durch den Kopf, so viele, daß man nicht weiß, welchem man den Vorrang geben soll. Denn kaum hat man ein Kind in Schmerzen geboren, soll man es auch schon wieder hergeben. Doch das ist das Los der Väter.

Verzeih, meine schöne Ita Petrowna, du stolze und gebeugte Brautmutter, aber du sagst uns doch immer wieder, es sei eine reine Wonne für dich gewesen, Ännchen zur Welt zu bringen, und du hättest dabei nur Freude und keine Schmerzen verspürt.

Ich aber, ich hatte sie damals für dich, in der Vorahnung wahrscheinlich, die liebe und schwere Pflicht des heutigen Tages übernehmen zu müssen, da der böse Krieg uns deinen Bernhard nahm.

Ännchen, mein Kind, ich sehe dich noch in der Wiege liegen, ach, warst du zart und fein! Die Engel des Herrn schienen die Strahlen der Sonne einzig für dich gesammelt zu haben, um sie in deinen Haarschopf zu weben, nach dem Vorbild deines Vaters. Als er dich auf den Arm nahm, hatte er Angst dich zu zerbrechen. Und weil der Himmel es gut mit dir meinte – und besonders auch mit mir – hat er dich ein halbes Portiönchen bleiben lassen, körperlich, und auch dein Seelchen. Ich sehe noch deine Eltern sich über dich beugen:

»Ist sie nicht wunderschön«, hat deine Mutter gehaucht. »Sie wird einmal Cello spielen wie Pablo Sarasate seine Geige, und einen Prinzen heiraten«, und dabei traten ihr Tränen in die dunklen Augen. Um sie zu trösten sagte ich, daß es bis dahin noch eine lange Zeit wäre, in der sie dich genießen könnte, und man brauchte doch nicht heute schon an das Schlimmste zu denken. Da fiel sie mir um den Hals und schluchzte:

»Niemand verstäht wie du, meine Tränen zu wiiischen fort.«

Nun, meine sehr geliebte Ita Petrowna, das konnte ich damals! Aber heute ... an diesem Festtage ...?

Die Zeit ist, was eine Eigentümlichkeit von ihr zu sein scheint, herumgegangen, und der Prinz ist auch da! *Meine* Tochter, und weil sie das so *ganz* ist kann es nicht anders sein, wird ihren Prinzen lieben bis ans Ende ihrer Tage. Und er wird auch sie glücklich machen! Andernfalls stampfe ich ihn in den Erdboden, diesen Prinzen!

Und da ich dich gerade ins Auge fasse, mein lieber Junge, was soll ich *dir* sagen? Halte es mir zugute, wenn es krauses Zeug wird, und schreibe es dem Umstande zu, daß ich, wie gesagt, zum ersten Male eine Tochter, ein Stück meines Herzens weggebe ... Ja, was soll ich dir persönlich nun sagen? Ich war immer dafür beim Anfang zu beginnen, möglichst schnell über die Mitte zum Ende zu kommen und dann sofort aufzuhören. Aber da sich das Ende aus der Mitte ergibt, und die Mitte aus dem Anfang, bleibt die Schwierigkeit einen Anfang zu finden. Das war ja wohl auch das Problem des Schöpfers, als er den ersten Menschen erschuf. Die nächsten ergaben sich zwangsläufig, was ich in deinem Falle auch erhoffe. Und auf diese zwangsläufigen Folgen warten wir mit einiger Ungeduld. Ja, und was die Hauptsache im Leben ist, so wäre mein Glückwunsch für dich, mein Junge, daß unser Ännchen deine Geliebte *bleibe*. Damit ist alles gesagt, und damit mag sich Anna Maria Tatjana an Valérie, meine kleine Frau, halten, denn wie dieses Miststück das seit zehn Jahren schon macht, ist mir schleierhaft. Doch dieses nur in Parenthese.

Meine lieben Kinder, ihr zwei geliebten Beide! Ich weiß erst jetzt, warum ich mir in Merligen »am stillen Bach« ein so unsinnig großes Haus gekauft habe, das meiner kleinen Frau und ihrer Tonitschku eigentlich vom ersten Tage an auf den Kopf fiel. Es geschah um euch jederzeit darin aufzunehmen, euch, mit allen Konsequenzen, auf die wir uns, wie gesagt, unbändig freuen. Wir können es kaum erwarten, euch alle bei uns zu haben, am schönen Thuner See.

Mit meiner Valérie hatte ich diesbezüglich allerdings schon einen Krach von größerem Ausmaße. Sie erklärte mir, daß meine Idee, euch das Ruderboot als Wiege ins rosa Gastzimmer zu stellen, blödsinnig sei. Doch kam mir der Gedanke, weil wohl für euer Baby, kaum aber für die viele Liebe mit der wir es überschütten werden, sonst Platz genug wäre. Besonders nicht, wenn es ein Mädel wird! Und zart wie seine Mutti! Und ich bei ihm schlafen wollen sollte! Doch auch dieses nur in Parenthese.

Werde glücklich, meine Tochter, vergiß niemals, daß Männer die was taugen, nie erwachsen werden, daß man sie zeitlebens als Kinder behandeln muß. Liebe für eine ganze Schar von ihnen, hast du genügend von deiner Mutti mitbekommen!

Und das ist es, womit ich den Anfang machen wollte, woran ich von Anfang an dachte, und woran wir jetzt alle ein bißchen denken sollten: An unsere diversen Muttis! Denn aus der ersten übergroßen Liebe zu ihrem Neugeborenen, lernt der Mensch lieben zu können und gut zu sein. Die Herzensglut mit der unsere Mutter uns auf dieser Welt begrüßt, gibt uns die Kraft das Böse um uns und in uns zu überwinden.

Professor Doktor Carl Ludwig Schleich schrieb meiner Mutter in sein wunderbares Buch:

»Wie arm und leer müßte der Mensch bleiben, der nicht, wenn er die Welt betrat, ans Herz gedrückt war von seiner Mutter.«

Freue dich auf deine Babies, Ännchen, mein Kind, wie deine Mutter sich auf dich gefreut hat, und ihre auf sie, und immer so weiter. Und – es sei mir gestattet – meine geliebte Mutter auf mich. Ich kann es immer noch fühlen, wenn ich an meinem Schreibtisch sitze und zu schreiben versuche, wenn Valérie und ich auf der Bühne stehen, uns mit unsern Rollen herumschlagen, und sie dann doch noch hinkriegen, oder gar wenn ich eine Rede halten muß, und hart daran bin sie ohne Mütterchens Hilfe vom drüberen Gestade her, zu verkorksen, wie diese!

Drum laßt uns alle eine kurze Weile dankbar und glücklich an unsere Mutter denken, und ihr das erste Glas an dieser Hochzeitstafel zutrinken.

Fünf Dialoge mit Curt Goetz

I

X: Wieso haben Sie mit Ihren Stücken immer Erfolg, Herr Goetz?

C. G.: Sagen Sie es nicht weiter, Verehrtester, ich habe Glück!

X: Nein, nein, Herr Goetz. Im Ernst, ich möchte wissen, was Ihr Grundgedanke ist, wenn Sie ein Stück schreiben?

C. G. Gestatten Sie mir eine Gegenfrage: Was ist *Ihr* Grundgedanke, wenn *Sie* ein Stück schreiben?

X: Ich denke natürlich immer zuerst daran, daß sich das Publikum unterhalten soll.

C. G.: Also gerade das Gegenteil von dem was ich tue. Ich denke immer zuerst daran, mich selber zu unterhalten.

X: Ach so! Aber wie wissen Sie so genau, daß sich das Publikum dann auch...?

C. G.: Das sagte ich ja, ich habe Glück, das Publikum hat zufällig denselben Geschmack wie ich.

X: Das stimmt aber nicht, Herr Goetz. Das Publikum versteht doch nichts. Es will doch immer nur dasselbe sehen, Schmarren, Schnulzen und Sex.

C. G.: Das glauben *Sie,* und die Herren denen man im todgeweihten Film und im heute schon gefährdeten Fernsehen die Sache in die Hand gibt. Aber nicht ich!

II

Ein Autor holte sein Manuskript selber wieder ab, das er meinen Mann zu lesen gebeten hatte, und sagte:

»Nachdem Sie mir die Ehre erwiesen haben, Herr Goetz, mein Stück zu lesen, wozu würden Sie mir jetzt raten?«

»Naturforscher, so habe ich unlängst gelesen«, sagte mein Mann nachdenklich, und schlang den Arm väterlich um die Schulter des jungen Mannes während er ihn zur Tür begleitete, »empfehlen uns geistigen Arbeitern, Fisch zu essen, weil dies dem Gehirn Stärkung zuführen soll. Mein Rat wäre folglich, wenn das Manuskript das Sie mir zu lesen gaben, ein Muster dessen ist, was Sie für gewöhnlich schreiben, glaube ich, daß so drei bis vier Grundhaie von mittlerer Größe im Augenblick für Sie nicht zu viel sein sollten.«

III

Ein anderer Autor, der sein Manuskript persönlich entgegennehmen wollte, und gebeten hatte, eventuelle Fehler gleich zu verbessern, bekam auch seine treffende Antwort.

»Ich wollte Ihrem Wunsch gerne nachkommen«, sagte mein Mann, »und fing an zu korrigieren, was mir zu korrigieren nötig schien. Auf der zweiten Seite habe ich dann die Fehler nur noch angekreuzt, aber auf der dritten gab ich es auf, weil es zu viele wurden.«

»Die Fehler, Herr Goetz«, sagte der Autor, »das ist mir gleich aufgefallen, die sind meinen Schülern beim Abschreiben unterlaufen.«

Darauf bemerkte mein Mann trocken:

»Ach, Schüler haben Sie auch?«

IV

Ein junger Schriftsteller überreichte meinem Mann sehr stolz das Manuskript seines neuen Stückes, das einem Berliner Telephonbuch an Umfang nicht nachstand, und fragte später an, wie es gefallen hätte.

»Nicht schlecht«, sagte mein Mann, »der Einfall ist sogar *sehr* gut.«

»Nicht wahr, Herr Goetz«, meinte der junge Herr, »und am Anfang, die Exposition, ist doch gleich sehr spannend, das muß ich selber sagen, und die Lösung zum Schluß ist mir doch wirklich gelungen.«

»Das haben Sie ganz richtig erkannt, junger Freund«, sagte mein Mann, »und geradezu *großartig* würde ich Ihr Stück finden, wenn die Ihnen wirklich gelungene Lösung gleich auf der zweiten Seite unmittelbar nach der spannenden Exposition stünde.«

V

In dem Haus Kaiserdamm, Ecke Meerscheidstraße, das dem Bauherrn Wagner gehörte, der nebenbei zwei zauberhafte Töchter besaß, in die mein Mann natürlich verliebt war, besonders in Steffi, die Beinchen hatte wie ein Rehkitz, feinnervig und durchsichtig war, lebte ganz oben unterm Dach kein Geringerer als Paul Henckels mit seiner lieblichen Thea, wie das zu seinem Spitzwegstil wohl gehörte.

Unter ihm wohnte Jenny Jugo, eine Filmdiva, die heute noch entzücken und alles an die Wand spielen würde, hätte sie nicht das bessere Los erwählt, der Flimmerkiste Valet zu sagen, und Berlin mit einem Gut in Bayern zu vertauschen. An ihrer Stelle zog ein Drehbuchschreiber in die Wohnung über uns.

An meinem Geburtstag feierten wir etwas länger und etwas lauter als gewöhnlich, weshalb das Mädchen von oben herunter kam und meldete:

»Herr X läßt grüßen, und Sie möchten bitte nicht so viel Lärm machen, er kann nicht schreiben.«

»Das wissen wir«, sagte mein Mann, »bestellen Sie das. Und auch wir lassen grüßen.«

Moderne Malerei

Es war in unseren ersten gemeinsamen Jahren in Berlin, als ein junger Maler an die Tür kam, und uns ein Gemälde verkaufen wollte, ein überaus »modernes«, zu dem er erst einen Kommentar geben zu müssen glaubte, wonach sein Bild eher noch unverständlicher schien, als vorher. In der Kunst wenigstens, so meinte mein Mann immer, sollten wir es mit Goethe halten, der verlangte, daß man deutlich sage, was man ihm zu sagen habe, weil er genügend eigener Probleme in sich trüge.

Wir drei, unsere alte Köchin Toni, mein Mann und ich, wir hatten nicht viel übrig für »moderne Kunst«. Aber viel für den armen Maler. Er weckte gleich unser Mitleid, als er vor der Tür stand, in einem Anzug, der wie auf einem Kleiderbügel von ihm herunterhing. Natürlich hatte er damals nicht genug zu essen, wie keiner, auch wir nicht immer. Aber als der schüchterne Herr Bronsky seine Augen erhob, die uns aus Höhlen anblickten, wie sie jetzt am Bildschirm oft so eindrucksvoll aus dem Fernen Osten gezeigt werden, wußten wir, daß er weniger haben mußte als wir, und mein Mann kaufte das Bild. Für zwanzig Rentenmark. Das war nicht wenig Geld, auch für uns.

Toni stellte das Bild in den Kleiderschrank, »mit G'sicht nach hintn«.

Es vergingen keine drei Wochen, da kam der Maler wieder an mit einem Bild. Wir hatten gerade unsere Herbstpremière in den Kammerspielen bei Reinhardt erfolgreich hinter uns gebracht, und nahmen ihm das Bild ab wie das erste, und Toni stellte es zu diesem in den Schrank, »mit G'sicht nach hintn«.

Anläßlich der 25. Vorstellung erschien Maler Dicki Bronsky, und auch nach der 50. Die 100. vergaß er natürlich auch nicht. Es war rührend, wie er keinen Anlaß versäumte, uns mit einem Bild in der Hand zu gratulieren, wozu ihm dieser Herbst besonders reichlich Gelegenheit bot. Da war, wie erwähnt, die Eröffnungspremière der Saison mit ihren darauffolgenden Jubiläen, dann kam mein Geburtstag, etwas später der meines Mannes, und wie der Maler uns wissen ließ, wollte auch seiner im Herbst gefeiert sein. Als er sich dann bei Toni noch nach ihrem Wiegenfest erkundigte, war ihr das zu viel, besonders weil meine Kleider sich im Schrank nicht mehr richtig aushängen konnten, und ständig überbügelt werden mußten, denn damals waren die Stoffe noch nicht »pflegeleicht«.

»Pflegeleicht« und »bügelfrei«, welch wundervolle Ausdrücke sind das, die unseren Wortschatz heute bereichern! Dabei fällt mir ein, wie undankbar es von uns ist, noch nie daran gedacht zu haben, den Erfindern von Nylon und Perlon ein Denkmal zu setzen. Sicherlich hat es etwas für sich, wenn das Standbild eines Helden, erhabene Dankbarkeit in uns wecken soll. Rein »mengenmäßig«, im Vergleich zu jener, die wir diesen Erfindern schulden, muß sie verblassen! Denn was sind Siege – die auch ihre Schattenseiten zeigen – gegenüber Nylon und Perlon, die keine einzige haben? Wieviel Zeit, die doch das kostbarste Gut im Leben sein soll, schenken sie uns jeden Tag! Unwiederbringliche Zeit! –

Gerade als Toni wieder einmal an meinen Kleidern zu plätten hatte, klingelte es.

»Is er schon wieder da, de arme Teifl, verruckte«, kam sie Herrn Bronsky zu melden, und brachte uns ein neues Gemälde. Mein Mann war nun schon gewohnt zu kaufen, sah gar nicht erst richtig hin, und griff nach seiner Brieftasche. Aber diesmal ließ Toni es nicht zu. Sie hatte, wie sie sagte, »eine behsere Idää«:

»Mi wern me ihm sagn, er solls er sich jedn Erschtn um fimpfzig Mark kommen, und brauchts er uns dafir kane Bilder nicht mitbringen.«

Mit dieser Lösung waren wir einverstanden, und besonders unser Maler, der fürderhin mit einer sicheren Rente, ohne Materialkosten, rechnen konnte. Aber wie das so ist, gewöhnt sich der Mensch an sein Glück, und empfindet es, wenn es noch dazu so regelmäßig kommt, gar nicht mehr als solches.

Nachdem das Abkommen drei Monate in Kraft war, erschien unser Freund schon am 10. wieder, und wir hörten folgendes Gespräch an der Eingangstür unserer kleinen Wohnung:

»Guten Tag, Fräulein Toni, ich komme Herrn und Frau Goetz besuchen.«

»Sans es scho wieder da, Herr Bronsky? Die Heschafftn sinds es leida nicht zu Hause.«

»Aber ich muß Herrn Goetz dringend sprechen, ich brauche nämlich sofort 20 Mark.«

»Nix gibts es heite. Am nextn Erschtn kriegns wieder fimpfzig Mark von mir, wie me ausgmacht ham.« Damit wollte Toni die Tür zumachen. Aber da schob der junge Mann – der in den letzten Monaten wesentlich kräftiger geworden war – unsere Toni energisch zur Seite und trat in die Wohnung. Darauf wurde Toni lauter, so daß wir das Wort »Polizei« vernehmen konnten, und da ging mein Mann hinaus um einen größeren Skandal zu verhindern, denn er wußte, daß die gute Toni uns und unsere Vorteile verteidigen würde wie eine Löwin ihre Jungen, und da sagte Herr Bronsky verärgert zu ihm:

»Ich weiß gar nicht, warum sich Fräulein Toni so aufregt, Herr Goetz?«

»Na ja«, sagte mein Mann etwas verlegen, »vielleicht weil wir heute ja wohl erst den 10. schreiben, Herr Bronsky?«

»Na und«, sagte er, »ich will ja nichts geschenkt! Ich hol' mir ja nur einen Vorschuß von *meinem* Geld.«

Da war sogar mein Mann sprachlos für einen Augenblick, mußte dann aber laut lachen, was Herrn Bronsky versöhnlicher stimmte, so daß er viel milder als zuvor sagte:

»Na sehn Sie, Herr Goetz, Künstler untereinander verstehen sich sofort, und deshalb bin ich Ihnen ja auch so entgegengekommen. Ich nehme sonst nie unter 100 Mark im Monat.«

Das war wieder einmal ein gefundenes Fressen für meines Mannes Notizbuch:

»So etwas läßt sich nicht erfinden«, sagte er, und schrieb es ein.

Aber die Geschichte ist noch nicht zu Ende. Es vergingen danach etwa zwei Monate in denen unser Abkommen mit Herrn Bronsky glatt lief, bis er wieder außer der Reihe vor der Tür stand und zu erklären versuchte, daß er unbedingt an die Riviera fahren und dazu 38.50 haben müßte:

»Ich habe nach neuen Motiven zu suchen, Fräulein Toni, für meine Klientel, sonst muß ich glatt verhungern«, sagte er.

»Fier wen müssens suchn gehn«, fragte Toni mißtrauisch.

»Für meine Klientel, die ich sonst verliere«, flehte Herr Bronsky sie an.

Toni kam ins Zimmer und brummte:

»Na so was? Mir ham me Kling*beitl* im Kirche fier heilign Antonius, jetz hats es de Verruckte Klingl*teller* fier sich selba, und geht er Reisegeld absammln. 38.50 sagt er brauchts er.«

Und diesmal war Toni nach einiger Überlegung dafür, ihm das Geld zu geben:

»San ma ihm dann fier ihma los«, sagte sie, »weil so an guten, wie unsern Herrli, der was ihm Geld gebn wird fier Rickreise, so an Trottl find der im ganzn Welt nicht mehr!«

Mein Mann gab ihr einen Fünfzigmarkschein mit dem Bemerken, Herrn Bronsky das Ganze zu lassen und einen schönen Gruß von uns zu bestellen, wir würden uns über einen Kartengruß aus Nizza besonders freuen.

Daraufhin entspann sich sonderbarerweise wieder ein lauteres

Gespräch an der Eingangstür, das wir uns, in Erinnerung an das letzte, nicht entgehen lassen wollten.

»50 Mark«, sagte Herr Bronsky in einem wehmütigen Ton als er uns kommen sah, und blickte mitleidig auf den Geldschein in seiner Hand, »mit 11 Mark 50 wollen Sie mich in Nizza, wo alles so teuer sein soll, am Leben halten, Herr Goetz? Bleib ich gleich da, und kann hier länger von Ihnen verhungern.«

Ehe mein Mann antworten konnte auf diese einmalige Bereicherung seiner Notizen, war Herr Bronsky die Treppen hinuntergeeilt. – Und als wir nach Wochen eine frohgemute Karte aus Nizza bekamen, wunderten wir uns nicht, sondern waren zufrieden in der Annahme, daß unser junger Maler dort wieder einige Künstler fand, denen er mit 50 Mark im Monat entgegenkommen konnte.

Auf der Karte aus Nizza stand am Schluß zu lesen:

»... und danke ich Ihnen, verehrter Herr Goetz, für alles was Sie für mich getan haben, und ich vergesse keinen Abend für Sie und Ihre liebe gute Frau Gemahlin zu beten, Gott möge Sie Beide so lange erhalten, bis ich meine Schuld an Sie zurückgezahlt haben werde.

Ihr sehr ergebener dankbarer
Dicki Bronsky.«

Wir haben nicht wieder von ihm gehört, und an der Inbrunst seines täglichen Gebetes für unsere Unsterblichkeit haben wir nie gezweifelt.

Die Zenzi

Oft bekomme ich Briefe von Leuten, die unsere ›Memoiren‹ gelesen haben, und mich wissen lassen wollen, daß auch sie »so ein Faktotum wie unsere geliebte Toni« hatten. Meistens sind dann die Geschichten über ihre Tonis gar nicht komisch, obwohl sie fast immer mit der Bemerkung beginnen oder enden: Wir haben furchtbar gelacht!

Eine aber hat es mir angetan; es ist eine Geschichte, die den Sieg weiblicher Eitelkeit wieder einmal unter Beweis stellt, und sie hat sogar den Anschein trotzdem wahr zu sein. Mein lieber Kollege Erwin Parker hat sie mir – wie er so ritterlich sagte – als Dank für den Genuß der Lektüre unserer Memoiren erzählt.

In den unseligen Jahren nach 1933 kam in Deutschland unter anderen eine Verordnung heraus, die das Verbrechen der Rassenschande in der Wurzel treffen sollte: Weibliches Hauspersonal durfte nur in »arischen« Haushalten arbeiten, es sei denn, die Mädchen wären über 45.

Nun hatte aber ein Ehepaar Hoffmann knapp vor der Bekanntgabe dieses neuen Gesetzes, eine Anzeige zur Suche nach einer Köchin aufgegeben, so daß laufend Mädchen kamen, die die neue Bestimmung noch nicht kennen konnten, oder nicht kennen wollten – das gab es auch – oder solche, die sie nicht verstanden. Eine der Frauen die sich Hoffmanns vorstellten, gefiel besonders gut, sie stammte aus Tirol, hieß Zenzi, und sah auch genau so aus. Groß und kräftig war sie und trug ihr glattes braunes Haar in strengen Zöpfen um den Kopf gewunden, gesunde rote Backen hatte sie, und große dunkle Augen, die jene freundliche Hoheit ausstrahlen, wie sie dem Bergvolk eigen ist.

»Es tut mir leid, Fräulein Zenzi«, sagte Herr Hoffmann, »aber ich muß Sie fragen, verzeihen Sie, wie alt Sie sind?«

»Waruhm?« sagte die Zenzi langgedehnt.

»Weil ...« stotterte Frau Hoffmann, weil ...«

»Waruhm?« fiel die Zenzi der Dame ins Wort, obwohl sie gar nicht wissen wollte, warum sie gefragt war, sondern weil alle ihre Sätze mit »waruhm« anfingen.

»Waruhm«, also sagte die Zenzi, »ich sag's net gern, ich sag sonst immer 42, aber Ihnen sag ich's ich bin schon 52. Aber waruhm? Ich kann arbeiten wie eine ganz junge Person und tu's auch gern, bitte.«

»Das ist schön, und das glaube ich Ihnen auch«, sagte Herr Hoffmann, »aber jetzt muß *ich Ihnen* etwas sagen, was *ich* nicht gern sage. Fräulein Zenzi... wir sind Juden.«

»Waruhm, Herr Hoffmann, waruhm? A jeder is was er is. Und so lang daß Sie arisch sind, macht mir das nix aus, bitte«, sagte die Zenzi, nahm die Stelle an, und man war allseits restlos zufrieden miteinander.

Das blieb lange so, bis eines Abends – es war im Winter und schon dunkel geworden –, die Hausglocke schellte, und Zenzi ans Gartentor lief um zu öffnen.

Herrn und Frau Hoffmann kam das gleich nicht geheuer vor. Sie versteckten sich hinter dem Vorhang des halboffenen Schlafzimmerfensters um zuzuhören und der Zenzi allenfalls zu Hilfe kommen zu können, wenn es nötig wäre.

Und richtig! Es war ein überlebensgroßer SA-Mann, der jetzt ins Licht der Gartenlaterne trat. Er sah die Zenzi scharf an, fragte sie in vorwurfsvollem Ton, wieso sie in diesem Hause angestellt wäre, und las ihr mit aller Strenge die seine Stimme hergab, die Verordnung vor, wonach es arischen Frauenspersonen unter 45 verboten sei, in jüdischen Haushalten zu arbeiten.

»Waruhm«, sagte die Zenzi unerschrocken, »waruhm?«

»Weil«, wollte der Uniformierte jetzt etwas zuvorkommender erläutern, aber die Zenzi schnitt ihm scharf das Wort ab und vollendete ihren Satz:

»Waruhm, i bin ja auch a Jüdin.«

Der Mann warf einen Blick auf die Frau, die wie die Feste von Mantua vor ihm stand, und wußte angesichts ihrer überzeugenden Uneinnehmbarkeit nichts anderes zu erwidern, als den Kopf zu schütteln; und abzuziehen.

»Zenzi«, sagte Herr Hoffmann, »um Gottes willen, ich habe zugehört. Ich habe gehört, was Sie dem Mann gesagt haben. Wie sind Sie nur auf den Gedanken gekommen, sich so zu gefährden, sich dieses heute doch so belastenden Makels zu bezichtigen?«

»Waruhm«, sagte die Zenzi lachend, »an so an uniformierten Lackl brauch i do net sagen, daß i scho zwarafuchzig bin!«

Zu oft werde ich gefragt, was wohl mein Mann zu unserer neuen Sexwelle sagen würde. Diese Frage kann ich sogar ganz genau beantworten, weil er zu ihr Stellung genommen hat, denn diese »neue« Welle ist gar nicht so neu, die gab es immer mal wieder, jedesmal in anderer Art, zeitgemäß, heute ist sie unförmig, wie alles heute ohne Form und Formen ist.

In unseren jungen Tagen gab es auch einen *Kolle,* der hieß *Van de Velde*, der den – wie man ihn damals nannte, – »Kleinbürger« genau so außer Rand und Band brachte, wie dies heute der Fall ist. Und so wie ich heute oft eine »geheime Rundfrage« zugeschickt bekomme – es wird zugesichert den Namen nicht preiszugeben, und daran hält man sich auch wenn man meine unmaßgebliche Meinung erfahren will – genau so bekam seinerzeit mein Mann als Prominenter solche geheimen Schreiben. Ja, er hatte sogar einmal zugesagt einen Vortrag zu halten. Es war in einer Grunewaldvilla, vor geladenen Gästen, wo er sein Wort einlöste, vor Künstlern, Journalisten und Ärzten. Unser Direktor Barnowsky war natürlich da, auch Professor Ernst mit Frau, die Dorsch mit Harry Liedtke, die Giesekings, Hänschen Albers mit Schwiegerpapa Burg, unser berühmter Maler Otto Pippel kam aus München eigens angereist, viele Kollegen und natürlich Max Kaufmann waren anwesend, und sogar der Kronprinz der immer so viel für uns Schauspieler übrig hatte, war gebeten worden und hatte die schöne Frau Dodo mitgebracht, die ihn anschwärmte. Diese reizende Berlinerin, die die Zähne nie ganz aufeinander kriegte, weil sie den Mund immer offen hielt, bereit hell zu lachen, machte oft die köstlichsten Bemerkungen. Diesmal sagte sie:

»Der Kronprinz ist wie ein Wilder gefahren, Herr Goetz, um kein Wort von Ihnen zu versäumen. Stellen Sie sich vor, wir wären auf der Avus verunglückt, und man hätte seine Knochen neben meinem Vater auf dem jüdischen Friedhof beigesetzt, und meine in der Gruft der Hohenzollern! Wäre ganz ulkig gewesen bei der Auferstehung am Jüngsten Tage, nicht?«

Das Thema zu dem mein Mann Stellung nehmen sollte, war: Welchen Schaden richtet Van de Velde unter unserer Jugend an?

Mein Mann hatte Teile des Vortrags niedergeschrieben, und nebenbei Stichworte notiert, wie er das so machte. Ich habe also leider nicht den ganzen durchlaufenden Text, der, wie immer bei ihm,

Gewichtiges locker und Leichtes gewichtig brachte. Es gab viel zu lachen, aber dahinter stand die Moral, die er stets in milder Strenge forderte, eine Moral, wie *er* sie verstand, als Sauberkeit und Takt des Herzens. In diesem Punkt machte er nie Konzessionen, ja er konnte sich sogar hinreißen lassen und ernstlich starke Ausdrücke gebrauchen, was ihm bei allem Charme in solchem Falle wohl anstand. Im ganzen aber behielt man den Eindruck, Ernstes heiter serviert bekommen zu haben. Doch gerade das hat manchmal schon zu groteskem Mißverstehen geführt, wenn einer sich überschätzte oder so verkannte, daß er auf sich anwenden wollte was mein Mann die zärtlich erdachten Figuren seiner Stücke tun und sprechen, und sie vor allen Dingen dann auch die Konsequenzen tragen läßt!

So sagte mir einmal ein »verpatzter« Ehemann, dieser Curt Goetz hätte doch *sehr freie* Moralbegriffe gehabt, indem er zum Beispiel die kleine Yvonne im Einakter ›Die Rache‹ sich jeden Donnerstag außerehelich vergnügen ließe. Dieser »Mann« gefiel sich, bravourös zu erzählen, daß er seiner Frau gegenüber genau so »großzügig« verfahre, den Ehebrecher für hochqualifiziert halte. Dieser wenig »ideale Gatte«, würde mein Mann sagen, versteht den Unterschied nicht, den es ausmacht, wenn eine Sechzehnjährige wie diese kleine Yvonne mit ihrem Temperament nicht fertig wird, darunter leidet daß sie ihren geliebten Mann betrügen muß, und sich deshalb in diesem zarten Alter das Leben nimmt, gerade *weil* sie ihren Mann liebt, und denkt, daß er ihr das nach Entdeckung ihrer Untreue nicht wird glauben können. Yvonne ist eine »rührende« Figur, und nur in Parenthese möchte ich dazu bemerken, mit welch künstlerischem Takt der Autor die kleine Ehebrecherin in seinem Stück *nicht zeigt*.

Etwas anderes, und ziemlich Unappetitliches ist es aber, so würde mein Mann sagen, wenn eine ausgewachsene Frau, dem einst Erkorenen nach zig Jahren erzählt, er hätte sie nie erwärmen können, weshalb sie ihn nicht mehr liebe – nur noch mit der Seele natürlich, aus finanziellen Gründen – und sich nun neben ihm andere Männer halten müßte, die ihre »tolle Leidenschaft« entfachen könnten. Ein degoutanter Gedanke, daß sie dem Gatten die ganzen Jahre hindurch nur als Matratze diente – auch eine beliebte Wendung meines Mannes übrigens – und ihm nicht nach der ersten Nacht weglief.

Im ganzen könnte man, um eine so wenig appetitliche Affaire etwas appetitlicher zu machen, mit der Hamburgerin angesichts der vielen Leichen am Ende von ›Don Carlos‹ ausrufen: »Gott, was'n Mißverständnis aber auch!«

Den Anfang der Rede meines Mannes in jener Grunewaldvilla habe ich vor mir:

Meine Damen und Herrn, ich soll darüber sprechen, welchen Schaden Van de Velde in unserer Jugend anrichtet. Gar keinen, kann ich dazu nur sagen. Jawohl, *gar keinen*, meine ich. Aber auf Ihren Protest war ich vorbereitet, und ein bißchen Spannung gleich zu Anfang ist immer gut. Doch wenn Sie meinen Gedanken folgen wollten, werden Sie mir recht geben.

Es gab immer solche und solche. Die Haltlosen, die leicht zu beeinflussen sind zum Guten wie zum Bösen, die sich wie ein saftarmes frühabgefallenes Blatt vom Winde vertragen lassen, bis in die finstersten Winkel des Daseins. Die treten meistens selbstsicher auf, und machen von sich reden. Und es gibt diejenigen, die in sich gefestigt geboren sind, die Gott sei Dank stets die Überzahl bilden. Von denen bekommt man nicht viel zu hören, die machen ihren Weg und erarbeiten die Welt von morgen. Man sollte immer an diese Jugend glauben.

Den Schaden den Van de Velde anrichtet, den richtet er in der älteren Generation an, und da hauptsächlich unter den Frauen, unter denen im *gefährlichen* Alter um die 40, die erst durch Van de Velde ihr Temperament entdecken und deshalb glauben, sich nunmehr Liebhaber halten zu sollen. *Die* Frauen, die 10 oder 20 Jahre starr wie ein Stock, kühl wie ein Fisch im Bett gelegen haben neben ihren Männern die dann – die Bösewichter – wegen der Spärlichkeit des Vergnügens daheim, ein angeborenes Temperament suchten, das nicht erst »die Masse bringen müßte«. In dieser Generation richtet Van de Velde allerdings einen unabsehbaren Schaden an, und dadurch – und somit haben Sie wieder einmal recht, meine Damen und Herrn, – dadurch, indirekt an unserer Jugend, die aufwächst, ohne in den ohnedies schwierigen Entwicklungsjahren »Mutterliebe« zu erfahren.

Wenn ich an meine Mutter denke, dann habe ich ihr Bild vor Augen, wie sie da ist und wartet wenn wir aus der Schule kommen mit unseren Sorgen, oder anderswoher mit unseren Freuden. Sie wartet in steter Gleichmäßigkeit auf uns Kinder. Das war ihr sichtbarer Lebensinhalt, und gab uns – unbewußt – ein Gefühl, das durch kein anderes auszuwechseln ginge, das Gefühl, daß wir ihr Leben ausfüllen, daß wir ihr genügen um glücklich zu sein. Nebenbei war sie in ihrer Klinik unendlich tüchtig und verdiente viel Geld. Aber sie brauchte nichts als uns, diese Mutter, und das ist für mich der Begriff »Mutterliebe« geblieben. Vater stand natürlich brav dahinter, das heißt, er saß immer schon am Tisch wenn wir kamen und wartete auch auf uns. Und auf das Essen.

In manchem stimmte mein Mann van de Velde zu, besonders in den Fragen der größeren Freiheit für das von ihm so geliebte zarte Geschlecht, besonders, wenn es *zart* und klein war. Zum Beispiel konzidierte er den jungen Mädchen gern, daß sie den Mann vor der Ehe intimer kennenlernten, um nicht ein Leben lang unter einer falschen Wahl leiden zu müssen.

Dadurch wird es auch klar, daß ein Mädchen sich nur an *diesen* Mann für ewig bindet, in dessen Armen ihr Hören und Sehen vergeht, und daß nicht Überlegung und Interesse, meist materieller Natur, mitsprechen. Natürlich will ich damit nicht sagen, daß, wenn eines Mädchens Traum ein Fußballer sein sollte, sie gleich mit allen Elfen zusammen schlafen müßte, und wenn einer jungen Dame Sinn nach einem Mann in schmucker Uniform stünde, sie deshalb erst die ganze Armee ausprobieren und bemühen muß, um dann die rechte Wahl zu treffen!

Das wollte er beileibe damit nicht gesagt haben, mußte er immer wieder beteuern, um einen stürmischen Applaus und ein nicht endenwollendes Lachen zum Abklingen zu bringen.

Dann kam er auch auf das zu sprechen, was man heute »Gruppensex« nennt, der auch nicht neu ist, den wir noch mit dem klassischen Ausdruck als »Orgie« bezeichneten, denn sie war in unserer Zeit auch wieder in Mode gekommen, wie meistens vor und nach Kriegen und Katastrophen.

Man braucht da nur an die herrlichen Orgien des Altertums zu denken, die in jeder Beziehung schöner gewesen sein müssen, im griechischen Atrium, um ein Schwimmbecken gelagert, oder in den römischen Dampfbädern zum Beispiel, auf weichen Pfühlen, bedient von den Schönsten der Schönen.

Was mein Mann zu den heutigen sagen würde? Ungewaschen, nach einem schweißtreibenden »Tanz« einen halben Meter vom Partner entfernt? In einem Beatkeller in stickiger Luft? Oder sonstwo – auf Stufen in einem Treppenhaus, ließ ich mir erzählen, wäre es besonders schön – oder auf offener Straße, und zu Vieren?

Was mein Mann dazu sagen würde?

»Das ist Geschmacksache«, würde er wohl sagen, und dann bemerken, daß jeder zu bedauern sei, der mit so wenig Phantasie begabt ist, daß er nach Exzessen suchen muß, um zu der natürlichsten Sache zu gelangen, zu der der liebe Gott sich »an einem Sonntag sowieso die liebenswürdigsten Dinge einfallen ließ, mit denen er seine Geschöpfe zueinander lockt.«

Seinen Vortrag beschloß er, wenn ich das einmal so altmodisch ausdrücken darf, mit einem Bekenntnis zu dem heiligen Gesetz der Ehe. Er meinte, wer einmal versprochen hätte treu zu bleiben bis ans Ende seiner Tage, der sollte dieses Wort auch halten, wie jedes gegebene Wort. Vielleicht nur aus Anstand, um den Lebenspartner in den Augen eines Dritten nicht herabzusetzen, oder auch nur aus Herzenstakt, um ihm nicht weh zu tun.

»Sein Wort zu halten, ist Sache des lauteren Charakters, und eine Tugend, und deshalb nicht ohne Opfer. Entschuldigt ist man vielleicht, wenn sich nachträglich Umstände einstellen, und dazu muß man gerechterweise eine Begegnung zählen, die einen aus den Angeln hebt. Da aber gibt es ja eine augenblickliche Scheidung, die sauber ist und Klarheit schafft, vor sich selber, dem Partner, den Kindern allenfalls, vor aller Welt. Entschieden aber sind Frauen widerwärtig zu nennen, die, wie ich schon sagte, durch van de Velde erst ihr Temperament entdeckten, sich mit Berufung auf den Autor van de Velde nach jahrelanger unverdienter Geborgenheit in der Ehe, Liebhaber halten, und doch bei dem Gatten bleiben der sicherer und besser bezahlt als der Jüngling, der außer ehebrechen noch nichts kann, als sich auf dem Buckel des Ausgedienten im Bunde mit der Ehefrau Unanständigkeiten zu leisten. *Da fängt bei mir die Hure an*, wenn dieser Ehrentitel auf so ein Stück Unrat überhaupt noch anzuwenden erlaubt ist.«

Ich glaube, nach allem was man so hört und liest, dieser Vortrag könnte heute genau so gut, und *genauso*, gehalten werden, wie in unserer so viel schöneren Jugendzeit.

Ein Schülerbrief aus dem Jahre 1919

Auch etwas, das heute geschrieben sein könnte, der Brief eines kleinen Jungen an seinen Freund. Mein Mann las ihn gern »sächsisch« vor, so will ich versuchen, ihn in diesem Dialekt niederzuschreiben, den er in seiner Schülerzeit erlernte, und auch lieben lernte, weil er ihn immer wieder humoristisch fand:

Lieber Genosse Garlchen,
Du bist wohl sähr erschdaund von meiner Anschbrache an Dich, denn Du liechst ja im Bette un weest von nischt. Daß mir nämlich eine Refoluzion ham un mir deswächn in der Glasse ein'n Schülerrat gekrünted ham, un deswächn nur mähr Genossn sint. Die ganze Sache is so gegomm'n. Mein krosser Bruder Hans, die ham letzte Woche den Browessorn erglärt, daß es so nich weiter gähd, un daß sie ein'n Schülerrat kründen, weil sie sich orkanisieren müsssen, un daß alles abgeschaffd wird, was war, vor alln die Relikionsschdunde. So ham mir uns auch orkanisierd und ein'n Schülerrat gekründet. So sin mir jetz der Herr im Haus und ham eine Demokrazi, die mir ham müssen, weil die Lehrer viel zu viel Rechte gehapt ham und mir so eine Gewaltherrschafd nich mähr aufgomm'n lass'n gönn'n.

Iberhaubt die Lehrer! Die ham bei unns abkewirtschaffd. Gestern ham mir die erschde Sizunk gemacht und ham beschloss'n:

1. Von jetz ab gähn mir nich umsonst in die Schule. Der Lehrer wird ja auch bezahlt wenn er hingäht, also warum solln mir so dämlich sein und umsonst hingähn? Wir verlangen einen Schdundenlohn von 20 Pf bro Schdunde und dazu Deurungszulache. Wenn einer nachsitzen muß, kriecht er äbn Überschdunden bezahld. Wenn es dem aber nicht baßt, so soll er es unns sagn, dann schdreiken wir äbn, und dann gönn'n die Lehrer ihre Schulhäusser zuschberrn un ein Gino draus machn, Ginos sin sowieso zu wenich und Schuln viel zu viel. Ham mir nich recht, Garlchen?

2. Der Lehrer hat iberhaupt nischt mähr zu sagn, weil mir mähr sin als er alleene. Dann muß der Lehrer uns »Sie« sagn, sonst sagn mir ihm auch »Du«. Denn es gibt jetz kein'n Underschiet mähr, un alle sin kleich. Ohrfeign un der Schdock wird auch abkeschaffd weil das eine ganz rickschdändsche Einrichdung war. Einer von unns hat vorkegschlagn, daß einer von unns dän Schdock begommt, damit auch der Lehrer bißchn Ankst hat mit dem Schdock eine zu be-

gomm'n. Der Antrach is aber zurikgeschdelld wordn, weil mir bis jetz kee'n ham, der sich draut.

3. Alle Tache sin bloß zwai bis drai Schdundn Schule, und das fünf Tache in der Woche. Der Relikionsunderricht wird ganz abkeschaffd. Die Geokraphie auch, weil Geokraphie jetz sowieso ein Plödsinn is, wo man jetz alle Tache neue Fölker kründet, so daß sich sogar der Herr Lehrer auf der Lantgarte nich mähr ausgennt. Hausaufgabn gibts nich mähr, weil ma damit viel zu viel Zeit verdut. Und ausfrachn darf unns der Lehrer nich mähr in der Schdunde. Dieses dämliche Gefrache iberhaupt! Wozu soll dnn das sein? Wenn der Lehrer was nich weiß, gönn'n mir es ihm auch nich sagn, un wenn ers weiß, warum fracht er dann? Eichndlich nur um unns zu ärchern. Aber das hört jetz alles auf, wo mir ein'n frein Folksschdaat ham wolln. Eine rote Fahne ham mir schonn, un das ist die Haubtsache, nich wahr? Mein Bruder Hans hat den Wlanelunderrock von unserer Omi zusamm'n geschnittn und sie drauß kroßartch gemacht.

Bis jetz is die ganze Sache noch keheim, mir ham nämlich noch genn'n, der sich draut dem Lehrer unsere perechdikten Vorderungen vorzudrachn. Würtest Du dich getraun? Wenn ja, dann schreib es mir kleich, weil deswächn schreibe ich ja Dir, dann machn mir Dich zu unserm Vorschdant und Du gannst unns dann gommantieren wie Du willst, un mir stähn schdramm.

Herzliche Grüße
Dein Genosse Gustav

Wohnungssuche

Wenn mein Mann aufgefordert wurde von seinen ersten Theaterjahren zu erzählen, begannen seine Geschichten meistens mit der »Wohnungssuche«. Mit diesem Problem fing jede Saison eines jungen Schauspielers an, der mit 60 Mark im Monat auskommen, und davon auch noch Mutters Haushalt unterstützen mußte.

In einem Sommertheater im Rheinland, unter Direktor Bernau, war es zum Beispiel so gewesen: Er suchte sein Quartier, natürlich an der Peripherie der Stadt, wo die Mieten billiger waren als im Zentrum in der Nähe des Theaters, und hatte bald Glück gehabt ein Zimmer zu finden. Es gefiel ihm auf den ersten Blick, genauso die Wirtin, und am meisten wohl der Wirtin Töchterlein. Man einigte sich auf die stattliche Summe von 12 Mark pro Monat – immerhin ein Fünftel der Gage –; inbegriffen war die tägliche Bedienung, das Putzen der Schuhe und Anzüge, das Instandhalten, aber nicht das Waschen der Wäsche, das mußte man selber machen, oder damit außer Hause gehen.

Eine Bedingung wurde noch ausgemacht, wonach der Mieter vorerst nur zwei Wochen im voraus zu erlegen hatte, und dann ausziehen konnte, wenn ihm etwas nicht behagte, besonders aber, wenn das Haus nicht ruhig genug war. Da sei sie ihrer Sache sicher, sagte die Wirtin ganz entschieden. Im Hause gebe es zur Zeit keine Kinder, keine Hunde und kein Klavier, ihre Fenster gingen in den Garten, wo sie nicht einmal einen Papagei hielte, nur heimelig summende Bienen.

»Zum Frühstück bekommen Sie von meinem guten Kaffee, dazu zwei Brötchen und einen Löffel Honig. Eigenbau«, sagte die Wirtin stolz, und zeigte auf ihren Bienenstock unter dem Flieder. Die Sache ließ sich bestens an, Anzug und Schuhe waren stets sauber geputzt, das Frühstück pünktlich, wenn auch sparsamst bereitet, die Nächte waren lautlos still. Aber trotzdem zog mein Mann nach den vierzehn Tagen aus, und hinterließ folgenden Brief:

Sehr geehrte Frau Wirtin:
Sie waren Ihrer Sache sicher. Gewiß. Aber ... auch ich liebe den »Freischütz«, doch da Ihr reizendes Töchterchen jeden Abend mit dem »Jungfernkranz« zu Bett geht, und jeden Morgen um halb sechs mit dem »Jägerchor« aufsteht, bedaure ich ein anderes Zimmer suchen zu müssen, wo die Tochter des Hauses ihre Tür nicht

versperrt hält, wodurch ich – meiner Sache sicher – sie dann am Singen hindern könnte. Außerdem finde ich vielleicht eine Wirtin, die zwei Bienen hält, und nicht nur eine.
Mit bestem Dank für Ihre gehabte Mühe,

Curt Goetz

An diesem kleinen Sommertheater dauerten die Proben so lang es eben nötig war, und das war sehr lange, bei abwechselnd wöchentlich einem neuen Klassiker und einem neuen französischen Lustspiel. Oft gingen sie bis spät in den Nachmittag, so daß jeder Schauspieler schleunigst nach Hause eilte, um vor der Vorstellung noch etwas Schlaf zu bekommen, denn die Nächte waren für's Lernen da. Schlimm war es, daß man so weit draußen wohnen mußte, weil die Mieten in der Kurstadt viel zu hoch waren.

Nach einer dieser ellenlangen Proben verließ mein Mann mit den Kollegen das Theater, winkte einer vorbeifahrenden Droschke, wie sie im Sommer für die Kurgäste bereitgehalten wurden, und ließ sich mit dem Kutscher in ein Gespräch ein.

Da hallte es aber nur so durch die Straße:

»Bist wohl verrückt geworden, Curt?«

»Hast wohl das Große Los gezogen, Curt?«

»Weder noch«, sagte mein Mann, »ich hab ihn nur gefragt, was die Fahrt nach der Sennewitzmühlerstraße kosten würde, um zu wissen wieviel ich spare, wenn ich zu Fuß gehe. Das macht mir das Laufen leichter.«

Ja, mein Mann war arm, wenn auch seine Verwandten überall in Ansehen standen. Sie waren überwiegend Pastoren und Tanzmeister. Oder beides. Ein Onkel Palmier war erst Pastor gewesen, und wurde dann Tanzmeister, ein Vetter Rocco war zum Tanzmeister erzogen und wurde dann Pastor. Aus diesem »sonderbar edlen Gemisch«, so sagt man, kam sein Schliff im Benehmen und seine Ehrfurcht vor der Welt. Aber er war arm, und mußte sich jede Mark selber, und nicht so leicht wie er wollte daß es den Anschein habe, verdienen.

1945 trafen wir Bert Brecht in Chur wieder – wir hatten ihn in Hollywood bei seinem Freund Homolka kennengelernt, der damals mit der Millionen-Tochter der ›Washington Post‹ verheiratet war – als wir mit unserem ›Haus in Montevideo‹ gastierten, und er seine ›Antigone‹ dort aus der Taufe hob. Unsere Première war einen Tag vor der Brechts angesetzt. Er hatte viel Sinn für Humor, lachte gern, und bat zwei Karten für ihn und die Weigel an die Kasse zu legen. Und dazu sagte mein Mann ihm:

»Wenn ihr heute bei mir nicht lacht, lache ich morgen bei euch auch nicht.«

Da lachte Bert Brecht.

Mein Mann stellte damals folgende Betrachtung an:

»Brecht hat Armut nie am eigenen Leibe erfahren. Sein Vater war so gut situiert, daß er den Sohn studieren lassen konnte, und das wollte in meiner Jugend etwas heißen! Wäre der Kommunismus damals bei uns an der Macht gewesen, hätte Brecht als Sohn eines wohlhabenden Bürgers nicht studieren dürfen, während sich mein Herzenswunsch Arzt werden zu können, erfüllt hätte. Bert Brecht hat, durch die Mittel seines Vaters unabhängig, und stets im Wohlstand lebend, das Geld verachten lernen können, und setzt dies ganz unnachahmlich auch noch in Kunst um, während ich mit allen Mitteln der Kunst dem Hunger, der Kälte und auch der Unterdrückung zu entrinnen versuchte, und dabei die Kostbarkeit des Geldes, als einziges Mittel zur Unabhängigkeit zu schätzen gelernt habe.«

Da würde meine Tante Klärchen wieder einmal sagen können: »Tchja, so dräht sich där Läbnsspiechl!«

Fünf Mark Vorschuß

Diese Anekdote erzählte mir der Vetter meines Mannes, Rudi Biedermann, dessen Vater jenen Direktor vertrat, um den es sich hier handelt.

Mein Mann hatte einmal – wieder einmal – in seinen Anfängerjahren, vergeblich um Vorschuß gebeten, und war nun entschlossen, dem Herrn Direktor das Messer an die Kehle zu setzen:

»Herr Direktor«, sagte er mit bebender Stimme, »in ›Nachtasyl‹ macht es nichts aus, da komme ich verwahrlost in Fetzen auf die Bühne, aber ich kann ohne fünf Mark Vorschuß unmöglich den Bonvivant im ›Schlafwagenkontrolleur‹ weiterspielen, wenn ich mein Hemd nicht waschen lassen, und mir keine Rasierseife kaufen kann.«

»Hm«, machte der Herr Direktor, »fünf Mark Vorschuß? Ausgeschlossen. Aber, ich habe Sie gern, mein Junge, und will Ihnen entgegenkommen. Ich setze von jetzt ab nur mehr ›Nachtasyl‹ auf den Spielplan.«

Ein halver Hahn und ein Steak

Es war in Köln, und zwar auf einer sommerlichen Gastspielreise, die das Ensemble des Berliner Lessing-Theaters mit Strindbergs ›Nach Damaskus‹ für einen ganzen Monat in diese schöne Stadt zu Direktor Bernau brachte.

Man saß allabendlich nach der Vorstellung um den Stammtisch, und manche Herrn, auch mein Mann, hatten, wie immer, nur einen »Halven Hahn« bestellt, das billigste, was auf der Speisekarte zu finden war. Ein Brot mit Käse nennt man in Köln einen »Halven Hahn«.

Da sagte Direktor Bernau zu meinem Mann:

»Fürchten Sie nicht, mein lieber Goetz, daß Sie mit der Zeit so weit kommen könnten, auf der Bühne nur noch zu krähen, anstatt zu sprechen? Glauben Sie denn nicht an: Man ist, was man ißt?«

»Unbedingt«, sagte mein Mann, »ich spare ja auch schon seit einer Woche auf ein Ochsenfleisch, wie Sie es sich täglich leisten können, verehrter Herr Direktor.«

Fast eine Tragödie

In Rostock gestaltete sich die Wohnungssuche geradezu dramatisch, und endete dann auch noch vor dem Richter.

Endlich hatte mein Mann ein Zimmer gefunden, das ihm zusagte. Auch die Wirtin als solche, die, wie er erzählte, für ihn jenseits von gut und böse war, ellenlang und mager, mit Schuhgröße 41, denn sein Geschmack waren nun einmal, wie man weiß, die Niedlichen, die Kleinen.

»Ich sehe mir die Mädchen immer von unten nach oben an. Wenn die Beinchen, die den Stall verraten, nicht zierlich sind wie von einem Rehkitz, dann gucke ich gar nicht erst weiter hoch«, pflegte er zu sagen.

Dieses »lange Elend« – das war auch einer seiner Lieblingsausdrücke – gab ihm das Ehrenwort, niemand im Hause besitze ein Instrument, Teppiche würden im Hof geklopft, und die Frau versicherte, daß er seine Rollen ungeniert laut deklamieren könnte, weil es niemand in der Umgebung störte, im Gegenteil:

»Alle Mieter, außer dann vielleicht Sie, Herr Goetz, den wir ja noch nicht kennen«, sagte sie, »sind künstlerisch veranlagte Naturen.«

Dann setzte sie ihren Namen links unten auf einen kleinen Bogen, was ungewöhnlich viel Zeit in Anspruch nahm, und mein Mann gab ihr rechts sein Autogramm dazu. Dann ging sie hinaus, und er ans Auspacken.

»Die alte Geschichte«, seufzte er, denn schon wieder hätte er noch einen Koffer mehr haben müssen als beim letzten Umzug, weil man auf unerklärliche Weise von Stadt zu Stadt immer mehr Kram mit sich schleppt. Deshalb auch hatte er diesmal sein Cello nicht in den dazubestimmten Leinensack stecken können, er mußte ihn mit einer Wolldecke, Schuhen und Büchern füllen, was alles nicht mehr in die Koffer gegangen war. Während er stöhnend Laden und Fächer vollpackte, kam Frau Steinmeileneckstern-Strassen – verblüffenderweise hieß sie wirklich so und brauchte deshalb so lang zur Unterschrift – um ihm ihren »kleinen Liebling« vorzustellen.

Es war ein Tier, soviel stand fest, das beteuerte mein Mann jedesmal wenn er die Geschichte erzählte, doch seine zoologische Bestimmung würde auch dem Fachmann einiges Kopfzerbrechen gemacht haben. Es war eine nur stellenweise und da auch nur wenig behaarte Walze auf vier kurzen Stäbchen, die, überbelastet, unterwärts auseinanderstrebten. An einem Ende der Rolle saß ein eben herausoperierter Blinddarm, den man mit gutem Willen als Schwänzchen ansprechen konnte. In der gegenüberliegenden Richtung wurde die braungraue Walze in ihrem vollen Umfang faltig wie der Hals einer Schildkröte, und daran reihte sich ein ausrangierter ebenfalls braungrauer Fußball. In seiner Mitte, dort wo ein Tier sein Maul haben konnte, klaffte eine schräge Spalte, aus der zwischen zwei ziemlich ramponierten gelblichen Hauern, eine blasse Zunge schlabberte. Augen hatte das Wesen so gut wie keine, aber der Platz für sie war unbedingt da.

Als Frau Eckmeilenstein-Strassenstern ihren Liebling auf den Boden setzte, wollte er knurren, war aber durch Atemnot daran verhindert, wodurch es nur bei schwachen Ansätzen blieb, denen man unwillkürlich nachhelfen wollte, was natürlich ganz sinnlos gewesen wäre, weil es weder das Tier noch den Zuhörer hätte erleichtern können. Aber man konnte nunmehr wenigstens das Rätseln um die naturgeschichtliche Einordnung des Geschöpfs aufgeben, und es ganz einfach als einen Hund bezeichnen. Das schien auch zu stimmen, denn in diesem Augenblick sagte Frau Sternstrassenmeilen-Steineck:

»Ruldi, gib dem Herrn Goetz schön dein Pfötchen.«

Darauf kam der Angesprochene tatsächlich zu ihm gewalzt, gab ihm aber nicht das Pfötchen, sondern rieb sich an seinem Hosenbein ab, wobei sich zeigte, daß der Hund stark in der Mauser und weiß war. Seine Grundfarbe war weiß.

»Ein netter Hund«, sagte mein Mann während er sich bemühte die Hundehaare von seiner Hose zu klopfen, um Frau Meileneckstern-strassen-Stein bei der so offenkundigen Verlogenheit seiner Bemerkung nicht ins Gesicht sehen zu müssen. »Schon«, sagte sie, »schon, da haben Sie recht, Herr Goetz, mein Liebling ist auch hoch versichert. Nicht wahr, Ruldili? Aber er hat auch seine schrecklich gefährlichen Seiten.«

»Nicht möglich«, sagte mein Mann, »gesund ist er aber doch hoffentlich?«

»Schon«, sagte Frau Eckstrassensternstein-Meilen, und war sichtlich gekränkt über die versteckte Vermutung, »ich muß Ihnen aber doch lieber gleich jetzt schon zu Anfang im vorhinein sagen, was er nicht mag, wenn Sie einmal spät nach Hause kommen sollten, denn das verträgt er eben nicht. Gott, Sie sind ja jung, ich war auch einmal jung«, sagte Frau Meilensternstrassenstein-Eck und wedelte erinnerungsverklärt eine ganze Weile und mit beiden Händen vergangene Träume aus ihrem Gedächtnis, bevor sie in den kalten Alltag zurückfand und dann fortfahren konnte: »Es ist nämlich nur, Sie dürfen Ruldi nicht stören wenn er einmal schläft. Er liegt gleich neben der Eingangstür, das ist sein Platzi, und ›wehe Wixi‹ wie mein Mann immer sagte wenn er ihn verhauen mußte, wenn er eben so etwas getan hat. Nicht wahr, Ruldi, ›wehe Wixi‹ hat Herrchen immer gemacht! Aber ich habe nicht das Herz dazu, ihn zu schlagen. Wenn er nämlich durch irgendeinen Lärm oder einen Laut von Ihnen geweckt wird, da zerreißt er Sie, wie Sie dastehen. Deswegen heißt er ja auch Ruldi.«

»Das habe ich mir gleich gedacht, Frau Sternsteinstrassen-Meileneck«, sagte mein Mann, »daß er deshalb so heißt. Wohl nach einem seiner rassereinen Stammväter?«

»Steinmeileneckstern-Strassen, kurzes a, zwei stramme ss«, verbesserte sie, »schon, Herr Goetz, ganz richtig, es hat früher einmal einen ›reißenden Ruldi‹ gegeben, das weiß ich noch aus der Schule, Gott es ist ja eigentlich gar nicht solange her, nicht wahr, aber ich glaube nicht, daß es ein Hund war, das weiß ich genau, aber was es war, das weiß ich nicht mehr ganz genau.«

Mein Mann versuchte nun dahinterzukommen, was Frau Steineckmeilenstrassen-Stern meinte mit ihrem »reißenden Ruldi«, und plötzlich hatte er es auch:

»Sie meinen den ›rasenden Roland‹«, sagte er, »und Roldi ist wohl der Kosename für das Tierchen, abgeleitet von Roland?«

»Sag ich doch«, sagte Frau Strasseneckstein-Meilenstern, »und er schreibt sich ja auch mit o und u Ro – ul – di.«

Mein Mann meinte, daß es zu nichts geführt hätte, seine neue Wirtin mythologisch aufzukären, und deshalb sagte er nur bescheiden:

»Selbstverständlich, gnädige Frau, ich werde mich genau nach Ihren Vorschriften, das heißt, nach seinen Wünschen richten, und ihn sicher niemals stören, wenn er schläft.«

Wieder wedelte Frau Steinmeilenstern-Strasseneck mit beiden Händen, weil ihr die Antwort anscheinend wohltat, und sagte das, was sie dann sagte schnell und fließend, als hätte sie es schon sehr oft gesagt, und dabei überbetonte sie stets das »Ich« und sprach es in hohem Diskant, im Gegensatz zu allem Übrigen, was sie in ihrer gewöhnlichen satten Stimme vorbrachte:

»*Ich* hab's Ihnen nun gesagt, Herr Goetz. Wenn er Sie jetzt anspringt, und zerfetzt Ihnen alles was Sie anhaben, und beißt Sie dann zu Tode, kann *ich* jedenfalls nichts dafür. *Ich* hab's Ihnen gesagt. Er schläft gleich hinter der Eingangstür. Geben Sie ja acht, daß Sie nicht auf ihn draufsteigen, das wäre gar nicht auszudenken! Aber wenn Sie aufpassen, hören Sie ihn ja schnarchen. Also *ich* hab's

Ihnen gesagt, Herr Goetz! Komm Rouldi, gib dem Herrn Goetz dein schönes Pfötchen, und dann laß uns gehen.«

Anscheinend verstand Rouldi nicht Deutsch – vielmehr, was meinem Mann jetzt erst auffiel, es fehlten ihm die Ohren, ein Fußball hat ja auch keine –, denn er dachte wieder nicht daran sein Pfötchen zu geben, sondern rieb sich wieder, genau wie vorher, an der schönen neuen Hose ab, und schloff dann seinem Frauchen nach.

Mein Mann bemerkte immer wenn er die Geschichte erzählte, er hätte damals nur ein einziges Gefühl für den Liebling der Frau Meileneckstrassenstern-Stein gehabt, ihn kalt zu erwürgen, aber da er im Gegensatz zu dem reißenden Vieh nicht versichert war, konnte er nicht einmal den Gedanken riskieren.

Als erste Vorstellung der Saison war ›Nachtasyl‹ von Maxim Gorki angesetzt, denn es bedurfte dazu nur einer Verständigungsprobe, weil alle Schauspieler, woher sie auch zusammenkamen, in dem damals modernen Stück studiert sein mußten, und auch die Garderobe machte ihnen keine Schwierigkeit. Diese *erste Vorstellung* mußte natürlich gefeiert werden, außerdem hatte der Heldenvater eine Erbschaft gemacht, so daß man an diesem Abend sehr spät nach Hause kam. Obwohl mein Mann, wie er betonte, noch im vollen Besitz seiner Willensbestimmung gewesen sei, hätte er längere Zeit damit verbracht, das Haustor mit dem Rest seiner Zigarette aufsperren zu wollen, was ihm aber durchaus nicht gelang. So faßte er den Entschluß, das Schloß näher zu untersuchen, wobei er sich an der Klinke festhielt. Darauf ging das Haustor auf.

Das konnte er zuerst gar nicht glauben, bis ihn eine tiefe Rührung überkam bei dem Gedanken, daß er das Große Los gezogen hätte mit dieser Wirtin, die sich in ihrem verständnisvollen Herzen ausgemalt hatte, wie glücklich er sein würde, das Haustor offen zu finden. Diese zärtliche Aufmerksamkeit steckte ihn unwillkürlich an, er ließ das Tor seinerseits wieder offen, und bewegt über seine Nächstenliebe für den Nächsten, stieg er die Treppe hoch.

Während des Steigens – seine Wohnung lag natürlich ganz oben, im 4. Stock unterm Dach – kam ihm ein großartiger Gedanke. Er konnte sich aber nicht besinnen, was für einer es war. Es ging ihm damit wie es einem mit der Motte geht, die man deutlich an der Nase vorbeifliegen sieht, und die spurlos verschwindet, sobald man nach ihr hascht. Er wollte seinen wunderbaren Einfall festhalten, aber er war ihm entschlüpft wie die Seife in der Badewanne und war nicht mehr zu fassen. Und dabei war es ein so fabelhafter Gedanke gewesen! Nur welcher es war, das konnte er bei aller Konzentration nicht herausfinden. Er dachte so angestrengt nach, daß ihm schwindlig wurde, er stehen bleiben mußte und sich ans Geländer lehnte, wobei ihm sein Wohnungsschlüssel, den er anstatt der Zigarette mit der er das Haustor aufschließen wollte zwischen die Lippen geschoben hatte, aus dem Mund in die Tiefe fiel, dreieinhalb Stockwerk abwärts. Aber das brachte etwas Gutes mit sich, denn durch das klirrende Aufschlagen des fallenden Schlüssels, fiel ihm auch sein großartiger Gedanke ein:

Ich muß ganz still in die Wohnung gehen, damit ich Rouldi nicht wecke und er mich nicht zerfleischt!

Das war es, woran er sich die ganze Treppe hoch nicht erinnern konnte, und war doch wahrlich der beste Gedanke, der ihm hätte kommen können. Etwas Mondlicht fiel durch die Fenster des Stiegenhauses, und es war nicht allzu schwierig sich vom Geländer loszumachen, die letzten Stufen hinauf zu nehmen, und sich an der Wand entlangzutasten bis zu dem Namensschildchen der besten aller Wirtinnen. Am Türstock war es angeschraubt, aus weißem Porzellan mit einem bräunlichen Sprung durch die Mitte. Zärtlich streichelte er den schönen langen Namen dieser guten Frau, und dann suchte er nach dem Wohnungsschlüssel. In der rechten Westentasche, wo er hingehörte, steckte er nicht, in der Hose rechts und links und hinten auch nicht, und auch im Mantel war er nicht zu finden. Und wie er einen Schritt zurücktrat und dann ratlos vor der Tür stand, da geschah etwas, das sonst nur in schönen Märchen geschieht:

Es war gar keine Tür da.

Es war nichts da als ein gähnendes Loch ins Dunkel. Das heißt, die Wohnungstür stand offen, wie das Himmelstor dem reuigen Sünder. Da schossen dem späten Heimkehrer Tränen in die Augen ob des großen Menschenherzens seiner neuen Wirtin, die auch daran gedacht hatte, ihm die Wohnungstür offen zu lassen. Er klammerte sich in Ermangelung ihrer selbst an den Türstock, der ungefähr so hoch und so hart war wie sie sein mochte, und sein dankerfülltes Schluchzen mischte sich in das friedliche Schnarchen Rouldis. Wahrscheinlich, so dachte mein Mann, störte das gute Tierchen nur das Geräusch des Aufschließens. Wenn man mal drin war in der Wohnung, konnte Rouldili nichts aus seinen Hundeträumen wekken.

Mein Mann drehte sich vorsichtig um den Türstock, damit er dem Hundchen ja nicht zu nahe käme, und wollte sich längs des Dielenschrankes weitertasten, aber bei der Drehung erfaßte ihn der Gedanke an diese gute Frau Wirtin, die ihm Haustor *und* Wohnungstür offengelassen hatte aufs neue so arg, daß er in erschütterter

Dankbarkeit niedersank. Und das war ihm so geräuschlos gelungen, daß er sich selbst darüber wunderte. Am Boden sitzend, an die Wand gelehnt, blieb er zufrieden mit sich und der Welt, und wollte wieder in das Schnarchen Rouldis einstimmen, als ...

... ein Geist an ihm vorbeihuschte ... aus der Wohnung heraus ... ins Stiegenhaus hinaus! Etwas wie ein gebündeltes dickes weißes Gespenst ... riesengroß ... stellte der Geist lautlos dicht an die Treppe. Dann fegte er, einen kalten Luftzug verbreitend, wieder in die Wohnung hinein, huschte an ihm vorbei, wieder hinaus ins Stiegenhaus, und stellte wieder etwas Weißes Großes zu dem ersten Weißen Großen dicht an die Treppe.

Literweise sei meinem Mann der Schweiß ausgebrochen, erzählte er. Geister hatte er wohl schon *gespielt*, in ›Der Müller und sein Kind‹, so um die Weihnachtszeit, und den berühmten von ›Hamlets Vater‹, auf Filzsohlen in der Rüstung mit der elektrischen Birne unterm Helm. Aber er hatte einen Geist noch nie *erlebt!*

Da kam plötzlich noch ein zweiter an ihm vorbeigehuscht, und – es konnte kein Zweifel sein – dieser trug seinen Cellosack aus der Wohnung heraus, gefüllt mit etwas, das wie Metall, wie Besteck klirrte, als es im Treppenhaus abgestellt wurde. Dadurch erwachte mein Mann aus der Geisterwelt in die Wirklichkeit, denn es war klar: Hier wurde eingebrochen!

Was sollte er tun? Lärm schlagen? Die Diebe auf frischer Tat ertappen? Die Räuber stellen, und so über Nacht zum Helden der Stadt werden, das wäre nicht übel! Und das hätte er eigentlich tun müssen! Wenn ihm nicht, Gott sei Dank, blitzschnell, Rouldi eingefallen wäre, »der rasende Rouldi«!

Hatte Frau Meilensteinstern-Strasseneck ihn nicht beschworen ihren gefährlichen Liebling ja nicht zu wecken wenn er schliefe? Und ob der jetzt schlief! *Sie* hatte es gesagt, *sie* hatte ihn gewarnt! War *sie* folglich nicht außer obligo wenn seine besten Kleider in Fetzen gingen und er verblutete? Das konnte mein Mann nicht riskieren! Wenn schon sein Leben, so nicht seinen neuen Anzug und seinen einzigen Mantel! Denn ob Rouldi auch recht ins Bild käme, wer der Dieb und wer der neue Zimmerherr war? Rouldi war ja keineswegs intelligent! Der konnte ja nicht einmal Pfötchen geben, wenn man es ihm befahl. Wer also konnte dafür einstehen, daß er, jäh geweckt, die Situation richtig erfaßte? Niemand! Im Gegenteil, es schien meinem Mann sicher, daß Rouldi ihn anspringen und zerfleischen würde, während die Diebe sich hohnlachend aus dem Staube machen konnten.

Was Wunder, daß er zu dem Schluß kam, sein Leben sei ihm mehr wert, als Frau Steinsterneckstrassen-Meilens Klamotten, und er mäuschenstill sitzen blieb, ein stummes Gebet auf den bebenden Lippen, daß die Räuber ihn nicht entdeckten, und daß der »rasende Roland« nicht erwache.

Der Himmel war ihm gnädig, die Diebe rückten ruhig und schwerbeladen ab, und er konnte, am ganzen Leibe zitternd, in sein Zimmer gehen. Das Bett war leer, nur die Matratze lag drin. Sie war ja auch nur mit Seegras gestopft, für die Herrn Diebe wohl zu schwer, und zu billig gewesen. Aber Kissen, Decke und Laken hatten ihnen vorzüglich zur Verpackung gedient.

Im Flur schnarchte Rouldi.

Ohnmächtig sank mein Mann ins Bettgestell.

Die Wirtin kündigte ihm nicht nur, sie zitierte ihn vor den Richter, weil sie behauptete, er müßte mit den Dieben im Einvernehmen gestanden haben, doch konnte er, Gott sei Dank, sein Alibi erbringen: Eine Premièren- und Ehrenfeier zum Andenken an die tote Tante des Heldenvaters des Rostocker Stadt-Theaters, die ihrem geliebten Neffen ein Sparbuch mit etlichen hundert Mark hinterlassen hatte, die mal angeknabbert werden mußten.

Das Sonderbare an dieser sonderbaren Geschichte aber ist, daß Frau Steinmeileneckstern-Strassen, die verblüffenderweise wirklich so hieß, die Gefährlichkeit der Ruhestörung ihres »rasenden Rouldis« erfunden hatte, nur um selber im Schlaf nicht gestört zu werden, und daß sie durch diese, man kann wohl sagen *weiße* Lüge, so sehr zu Schaden kam.

Ob es also nicht doch besser ist, bei der Wahrheit zu bleiben? Einem gewissen Curt Goetz zufolge, soll man nicht lügen, »es sei denn, daß man mit der Wahrheit noch schlechter führe«.

Napoleon II.

Auch das folgende lustige Geschehnis aus seiner Anfangszeit vergaß mein Mann nie zu erzählen: Markus Abegg, ein Landsmann, war einer seiner älteren Kollegen am Stadt-Theater in Rostock. Dieser hatte ein Stück geschrieben, ein Napoleon-Drama, das von Direktor Schaper nicht angenommen wurde. Es sei ›Madame sans Gêne‹ zu ähnlich, war die Begründung.

»Weil es besser ist, als der sentimentale Kitsch«, sagte der gekränkte Autor, und wollte es dem Herrn Direktor schon zeigen! Er studierte den Kollegen sein Stück auf eigene Faust ein, und arrangierte auf eigene Kosten ein Gastspiel in einem kleinen Ort der nächsten Umgebung, wo der Wirt vom »Goldenen Ochsen« ihn seinen großen Saal mieten ließ.

An dem Tage, – es mußte natürlich ein Sonnabend sein, an dem die Honoratioren und die vermögenderen Einwohner des Städtchens auszugehen pflegten, – fuhren die Schauspieler sobald sie mit ihren Rollen in Rostock fertig waren, schnellstens zum »Goldenen Ochsen«, um bei den Vorbereitungen für die

Einmalige Gala-Nacht-Vorstellung
des berühmten
Rostocker Ensembles

(so stand es auf der Tafel am Gemeindehaus angekündigt) mitzuhelfen. Die Aufregung war unbeschreiblich. Besonders hatte sie den »Autor und Regisseur in einer Person« erfaßt, so daß der eine den andern verrückt machte, beide keinem vernünftigen Wort zugänglich waren, und alles vergessen wurde, was zu erinnern gewesen wäre.

Trotz alledem – wie das beim Theater immer war, heute heißt es »the show must go on« –, hätte der Vorhang aufgehen können. Nur auf Curt Goetz mußte noch gewartet werden, der in ›Nachtasyl‹, das an dem Abend angesetzt war, die große Rolle zu spielen hatte, und deshalb nur als letzter die Bühne und Rostock verlassen konnte. Er stürzte sich in den Lokalzug, und verschwand allda sofort in der Toilette, um sich während der zehn Minuten Fahrt die Maske für den Napoleon zu machen, und die Lumpen aus Gorkis Stück, die er noch unter dem Mantel trug, mit des Monarchen Uniform im Handkoffer zu vertauschen. An solches war jeder Schauspieler gewöhnt.

Rechtzeitig erschien »Seine Majestät« im »Goldenen Ochsen«,

suchte noch schnell seine Requisiten zusammen, wie es damals Pflicht jedes Schauspielers war und bemerkte zum Glück, daß der große Lorbeerkranz fehlte, der unerläßlich war, für das Wichtigste, den Stückschluß. Er mußte feierlich auf die Bühne getragen werden, so daß der Kaiser angesichts dieses Prachtstücks – je größer desto besser, war vom Autor vorgeschrieben – von seinem Sohn, als seinem Nachfolger, NAPOLEON II., träumen konnte, was dann zu dem gewaltigen Finale wurde, das der Autor selber am Klavier begleitete.

»Wir können erst anfangen, wenn der Kranz da ist«, rief mein Mann dem völlig durchgedrehten Markus zu, der sich nun seinerseits an den Wirt wandte, und ihn mit einem ungeheueren Wortschwall übergoß:

»Wo ist der Kranz? Wo ist der Kranz, den ich bestellt habe? Der Kranz mit »N zwei« fehlt! Ohne Kranz können wir nicht anfangen! Wo kriegen wir jetzt in der Nacht einen Kranz her? Einen Kranz mit ›N zwei‹? Herr Wirt, wo ist der Kranz geblieben? Der Kranz, den ich bestellt und schon bezahlt habe! Den ich Ihnen persönlich bezahlt habe! Wo ist der Kranz? Wo bleibt mein Kranz, Herr Wirt?«

»Nur keine Aufregung«, sagte in aller Seelenruhe der »Goldene Ochse«, der die Pause abgewartet hatte, in der Markus doch einmal Luft schöpfen mußte, »mein Bruder ist doch der ›Franz Fränze-Kränze‹. Steht groß im Bogen über seinem Geschäft am Hauptplatz. Sowieso gleich um die Ecke. Ich hab den Kranz ja schon lang bei ihm hängen sehen. Riesengroß und wunderbar. Nur an die Aufschrift hat sich der Franz nicht mehr erinnern können, und da haben sie den Kranz deshalb noch drüben gelassen und wahrscheinlich dann vergessen.«

»Wahrscheinlich, sagt er«, kreischte Markus in seinen höchsten hysterischen Tönen, »wahrscheinlich, ist gut! Und wo kriegen wir jetzt die Buchstaben für die Aufschrift auf der Schleife her, jetzt, mitten in der Nacht?«

»Nur keine Aufregung«, sagte der Wirt, »die Buchstaben sind immer vorrätig, in Gold und in Silber und in der Nacht! Die kleb ich Ihnen jetzt persönlich ganz einfach auf. Nur keine Aufregung, meine Herrn Künstler!«

»N zwei, N zwei«, schrie Markus dem Wirt in letzter Verzweiflung und so laut ins Gesicht, daß der vollbesetzte Saal es gehört haben mußte, und das ganze Ensemble die Hände rang.

»Ich bin ja nicht taub«, schrie der Wirt zurück, der nun langsam seine Ruhe zu verlieren schien. »Auf der Schleife muß es heißen: N zwei«, sagte mein Mann ruhig, »und den Punkt danach ja nicht vergessen, Herr Wirt«, rief er dem »Goldenen Ochsen« nach als sich der Vorhang bereits hob, und Napoleon I. unter Applaus die Bühne betrat.

Die kaiserliche Stirn trug eine tiefere Falte, als sie von Bildern bekannt ist. Es war die Sorge um den Kranz. Aber wie das mit Sorgen ist, macht man sie sich fast immer umsonst!

Der Kranz war da. Im Dunkel hinter den Kulissen schon war er bewundert von allen, die ihn zum Finale auf die Bühne zu begleiten hatten, wo dann im hellen Rampenlicht auf seiner roten seidig-schimmernden Schleife zu lesen stand:

ENTZWEI.

Der lächelnde Heilige

An dem Tag vor Himmelfahrt war es, daß wir wieder einmal durch Karlsbad, wo meine Mutter ihre alljährliche Kur machte, traditionsgemäß, denn meine Großmutter machte es auch schon so, zu einem Gastspiel nach Wien fuhren, und unterwegs in einem Landwirtshaus unsere Mittagspause einlegten, und zwar in der »Modra Hviesda«, dem »Blauen Stern«, in Prestiče, einem dieser lieblichen aber unaussprechlichen Flecken in der Tschechoslowakei.

Wir hatten uns ein »junges frisches zartes Hühnchen« bestellt wie es die Speisekarte anpries, auf das wir folglich aber auch lange warten mußten, bis es gebraten war. Als es endlich kam, war es zäh und mager wie ein alter Gockel. Die Wirtin sah uns wohl an, daß wir nicht sehr glücklich waren mit ihrem »jungen frischen zarten Hühnchen«, kam heran und sagte freundlich ermunternd:

»Essen Sie, Herrschaften, essen Sie nur!«

»Das hätten Sie Ihrem Huhn sagen sollen, Frau Wirtin«, meinte mein Mann, worauf die voluminöse Dame so herzlich lachen mußte, daß sie auf einem Stuhl an unserem Tisch zusammenbrach. Auf diese lustige Art freundeten wir uns an, und da war es dann auch, daß sie uns mahnte, auf der Weiterfahrt doch ja einen Umweg zu nehmen, um den heiligen *Nepomuk* in einem Dorf das noch unaussprechlicher war als Prestiče nicht zu versäumen.

»Ich mechte den Herrschaften raten dirfen, den heiligen Nepomuk in Vrstrkowitisze nicht zu iberfahren, weil der nämlich einzige Heilige is was wir habn, was immer lacht.«

Und dann erzählte sie uns die Geschichte, die dieser kunstvollen Schnitzarbeit zugrunde liegt, an der wir, weil sie uns so sehr gefiel, immer wieder abwechselnd gebastelt haben, bis ich ihr einmal fast die Form eines Märchens gab, die mein Mann dann für endgültig erklärte.

Es beglückte mich natürlich sehr, etwas geschrieben zu haben, das ihm uneingeschränkt gefiel, obwohl ich es ihm nicht ganz abnahm. »Es ist mein souveränes Recht, so kitschig zu sein, wie ich will«, sagte er dann.

Im Ernst fand er, daß man mehr denn je des Märchens, des auf einfachen Glauben Gestellten bedürfe als Äquivalent für die Entzauberung, welche Technik und Wissenschaft mit sich brächten. Und besonders weil der Mensch den Fortschritt den wir in dieser Hinsicht erleben, als sein Verdienst zu sehen wünsche, die tiefere

Erkenntnis der Dinge aber umsomehr als eine Gabe jener Macht betrachten sollte, die uns die Fähigkeit zu denken gibt.

Das müßte uns frommer machen, und deshalb fröhlicher, zuversichtlicher, freier. Was aber keineswegs der Fall wäre.

»Gelehrt sind wir genug!
Was uns fehlt ist Freude,
was wir brauchen ist Hoffnung,
was uns nottut ist Zuversicht,
wonach wir dürsten ist Liebe
und wonach wir verschmachten ist
Frohsinn!«

Unserer Wirtin in Prestiče mag die Geschichte des heiligen Nepomuk damals eingefallen sein, weil es der Tag vor Himmelfahrt war, an dem bekanntlich dieser Märtyrer in die Moldau gestürzt wurde, weil er seinem König Wenzel IV. trotz Drohung und Folter nicht verraten wollte, was seine Gemahlin, die Königin Johanna, ihm gebeichtet hatte. Somit ein *sehr* sympathischer Heiliger, den man auch um Hilfe gegen Verleumder anrufen darf.

Mir, die ich ihn jetzt nötig hätte, weil wieder einmal sich jemand meinem Mann als Kind unterschieben möchte, um die eigene Abstammung zu verschleiern – ein berühmter Name zieht besonders Leute an, die sich einen machen wollen und es aus Eigenem nicht vermögen, welches Eingeständnis für mich auch immer etwas Rührendes hat –, half er bis jetzt noch nicht. Ich denke mir, daß er in unseren Tagen wohl überbeschäftigt ist, dieser Heilige, der gegen Verleumdung kämpft. Doch wenn mein Mann ihm nächstens im Himmel begegnet, wird er ihm von meinen Nöten erzählen, und dann kommt alles wieder ins Lot.

Und nun
die Geschichte
des
lächelnden Heiligen:

Trauer lag über dem kleinen Dorf, das inmitten saftiger Wiesen, zwischen bepflanzten und waldigen Hängen seine spitzgiebligen Häuser um den Kirchplatz drängte. Mit dem glitzernden Turmknauf und den roten Dächern sah das Ganze aus wie ein Spielzeug der

Engel, das sie wegzupacken vergaßen. Vom Nachbarort, zwei Stunden steilen Fußwegs den Berg hinan, konnte man das Dörfchen durch die barocken Rahmen edler Reben sehen, und jeder wußte hier, daß der Wein den Wohlstand in die Gegend gebracht hatte, und dankte den Mönchen, die ihn einmal pflanzten und pflegten. Drum auch war wohl die Kirche, aus Spenden der Bewohner, als Zeichen des Dankes so feierlich groß ausgefallen.

Ein Storchennest saß auf dem Giebel des Kirchendachs und unterstrich den volkstümlich einfachen Klang des Dorfplatzes, der sich die Häuschen kreisrund vom Leibe hielt so gut es ging. Nur einen einzigen Baum hatte er nahe seinem Gotteshaus geduldet, der seine Zweige im Laufe der Jahrzehnte aber so weit auswachsen ließ, daß die Eichhörnchen jetzt tagsüber ihren Spaß auf ihnen trieben, und nachts im Dachstuhl der Kirche hausten.

Es war ein Birnbaum mit kleinen grünen Früchten, die nur zu Most taugten. Im Frühling, wenn durch sein loses Laub der luftblaue Himmel zu sehen war und ein leiser Wind vom Süden her die jungen Blätter zwang sich nordwärts auszurichten, war der Baum wie eine Braut, die mit beiden Händen ihren Schleier hebt, um sich die kühlende Luft durchs Haar blasen zu lassen, im Sommer stand er wie ein Mann da und schützte mit seinem dichten Dach was unter ihm Zuflucht suchte vor der sengenden Sonne, im Herbst schenkte er den Kindern seine Früchte, die sie rücksichtslos herunterholten, und im Winter trug er die schwere weiße Last, ohne daß je ein Ast ihm versagte.

Und jetzt stand er da, zersplittert, des Schönsten was die Natur ihm gegeben, der Krone und Zweige beraubt. Wir alle haben Schätze begraben, Liebe, Fürsorge, Treue, doch das geht trotzdem alles neben uns her im Wachen und im Schlafen. Aber wenn ein Baum vor uns liegt, erleben wir einen Augenblick ganz ohne Hoffnung.

Noch gestern hatte er einen Morgen erlebt, so sonnig und luftblau, als wollte der Mai noch einmal wiederkommen in diesem Jahr und des Feierns kein Ende werden, als hielte die Erde ein Fest für das Werk des Herrn.

Der nämlich hatte Platz genommen unter dem Birnbaum, weil es ihm zu laut zuging in seinem Hause. Denn da waren die Ministranten aller umliegenden Dörfer, in ihren weißen Chorröcken über dem roten Ornat, Weihrauchkessel schwingend vor dem Traghimmel, um den Altar gezogen, dann aus der Kirche heraus und um sie herum, während die Gemeinde sich auf dem Dorfplatz sammelte und stolz ansah, was sie sich alles leisten konnte. Nur wenige knieten, wie früher einmal – die neue Sonntagstracht war ja auch zu kostbar dazu –, dann folgten alle dem Zug in die Kirche zurück, und sangen aus vollem Halse, als sollten ihre Lieder in den Spitzbogen hängen bleiben und es damit genug sein lassen bis zum nächsten Jahr, wenn es wieder soweit war.

Nur die alte Orgel war sich gleich geblieben in Andacht und Würde. Man konnte sie atmen hören, wenn der Lehrer sie spielte. Vielleicht weil auch er noch ein wirklich Frommer war in seinem Herzen, paßte sie sich ihm so willig an. Den Ohren war es ein Genuß wenn Haček spielte, und es war auch der Mühe wert ihm zuzusehen, wenn seine Hände mit den Füßen wetteiferten im Tanz auf den Tasten und Pedalen um die Pfeifen tönen zu machen. Wie er dazu mit dem spitzen Kinn den Buben am Blasebalg das Zeichen gab wann sie ihn niedertreten sollten, ob schnell oder nur verhalten, und wie er dem Chor einzusetzen befahl, und gar erst, wenn er selber mitzusingen begann! Da blieb kein Auge trocken, das konnte man sagen, aber auch keine Faser an Lehrer Haček. Wie aus dem Wasser gezogen kam er von der Empore und verschwand im Pfarrhaus hinter der Kirche, um kurz darauf glücklich strahlend am Dorfplatz unter seinen Kindern zu stehen und ihnen zu sagen, was sie gut gemacht, und was beim nächsten Male noch etwas besser werden könnte.

Heute war es anders, denn über Nacht war es geschehen. Kein noch so hundertjähriger Kalender konnte sich einer solchen Nacht erinnern!

Am Tage zuvor, um die Mittagszeit noch, war die Landschaft in klaren Strichen unter einem jubilierenden Blau gestanden, saftig hatten die Wiesen vom Osten her geleuchtet und golden das Korn. Sogar das Unkraut, das unwerte Gewächs, half in bescheidenen Farben zu der Pracht, und am Nachmittag trug der Wald vom Westen her mit dem Duft seiner Tannen das Schönste was er zu geben hat, den Stimmungszauber seiner Stille ins Dorf hinein. Die Nachbargemeinde grüßte greifbar nah vom Grat herunter und der Klang ihrer Vesperglocke blieb hängen in der Luft.

Gegen Abend aber, wenn der Gang der Stunde sich allmählich beschleunigt um zur gemütlichsten Zeit des Tages, der Dämmerung, etwas verweilen zu können, da war es, als sollte es mit einem Schlage Nacht werden. Eine Wolkenwand hob sich über den Grat, eilig, hastig sogar, denn der Wind drängte sie, und der Wald fing an zu wogen wie das Meer. Von Sekunde zu Sekunde ballten sich die Knäuel dichter am Himmel und blieben über dem Dorf hängen, in dem alles zu ersticken drohte weil keine Zeit geblieben war die Lungen recht zu füllen, so schnell waren sie gekommen, die schwarzen Himmelssegler.

Ein Blitz riß sie auf einmal in Fetzen und ließ das Gebirge stehen, das die Grenze zeichnet wo die Erde endet und die Ewigkeit beginnt, und gemahnte die Menschen an die Schranken ihres Vermögens. Da liefen sie in die Kirche und waren bereit das Unbegreifliche anzuerkennen. Da knieten sie willig unter seinem Schutz und legten ihr notvolles Dasein gern in die Hände der Gnadenreichen.

Zu dieser Stunde war sie sonst nur in Umrissen zu ahnen wenn die Funzel des Ewigen Lichts aus der Kirchenmitte sie in ihrer Grotte kaum erreichte, jetzt aber, wenn Blitze grell leuchtend vor den Fenstern niederfuhren, erhellten sie wie ein Sonnenstrahl ihre Gestalt und ließen die Vergoldung des Heiligenscheins wie überirdisch glänzen. Dann sah es aus, als lebte die Gottesmutter, und regte sich, neigte sich nieder zu den Verängstigten, und der Raum war erfüllt von einem Zauber.

Und draußen tobte der Sturm.

Wenn es doch regnen wollte, dachte ein jeder. Aber kein Tropfen fiel. Nur Laub und Staub schlug an die Fenster.

Ein zweiter Blitz fuhr nieder. Der Kirchturm schwankte unter dem Getöse des Donnerschlags der folgte, und die Häuser ringsum krachten und ächzten mit. Und schon wieder folgte ein Blitz.

Er hatte sich zusammengekrümmt, geduckt, wie einer der einen rechten Anlauf nehmen will auf seinen Feind, und rollte dann über das Dorf am Kirchendach herunter, und während der Sog hinter ihm die Tore der Scheunen aufriß, fuhr er in den alten Birnbaum hinein.

Jetzt hat es eingeschlagen, wußten die Leute und knieten versteinert, denn danach war es still als hätte der Himmel seine ganze Kraft in dem furchtbaren Zornesausbruch ausgespielt. Und nun kam ein Dröhnen her aus der Ferne, gleich einem Orkan der durch einen Laubwald fegt. Das war der Gewitterregen, der über die Felder und Gärten auf den Dorfplatz kommt in seinen Galoschen und alles zertrampelt was noch am Leben ist. Da rannten die Leute, ungeachtet der kostbaren Sonntagskleidung durch die nasse Nacht in ihre Häuser, und waren froh, daß sie sie heil wiederfanden.

Am Morgen dann standen die Gemeinderäte vor dem zersplitterten Baum. Erst jetzt, nach dem Verlust, kamen sie zur Einsicht der Pracht die dieses Gottesgeschöpf dem ganzen Dorf gegeben. Wie nackt stand die Kirche da ohne das grüne Laub auf ihrem steilen glatten Dach, ohne das lose Schattenspiel der Blätter auf ihrer kahlen Mauer. Nun berieten die Gemeindeväter ob aus dem Stamm noch ein paar Bretter zu schneiden wären oder ob es besser Brennholz werden sollte für die Schule.

Weitab war der Lehrer in Betrübnis unter seinen Kindern gestanden, die sich ratlos ob seiner großen Trauer um ihn scharten, und kam jetzt langsam näher heran:

»Wir sollten ihn stehen lassen«, sagte er, »Bretter und Brennholz hätten wir bald vergessen. Wenn's recht ist, fahre ich zu meinem Vetter nach Pomuk, der schnitzt uns an Ort und Stelle einen Heiligen draus, der uns als Andenken an den schönen Baum bleibt, und unsere Kinder manches lehren kann.«

Nun kam auch der Blinde herbei, tastete sich gewandt durch den Haufen der abgebrochenen Zweige, und besah sich den Baum mit geübten Fingern:

»Was wollen sie denn nur? Dein Stamm ist wie er war«, sagte er und griff so hoch hinauf als er langte, »du bist doch heil geblieben in dieser furchtbaren Nacht. Dein Harz duftet jung, du kannst noch lange viele frische Triebe schlagen wenn du willst, das sehe ich dir an. Ich bin dafür, daß du hier stehen bleibst. Ich bin der Älteste, meine Stimme zählt doppelt.«

»Wer ist dafür, wer dagegen«, rief der Vorstand die Räte auf, und zählte dann das Ergebnis. So blieb der Birnbaum auf seinem Platz, und Vetter Hanus Haček schnitzte seinen Patron, einen ehrwürdigen dreieinhalb Meter hohen *Nepomuk* aus dem Stamm, der wunderbarerweise im Frühling ausschlug, um zu einer neuen Krone anzusetzen.

Somit könnte die Geschichte ihr gutes Ende haben. Aber sie hatte noch ein Nachspiel, denn als der Herr Pfarrer am nächsten Himmelfahrtstag die Statue weihte, waren die Leute aus weitem Umkreis gekommen an der Prozession teilzunehmen und den Heiligen zu ehren. Alle zogen die Hüte, verneigten sich tief, knieten nieder vor ihm, und beteten andächtig.

Nur einer tat nicht dergleichen. Im Gegenteil. Er blieb stehen, schwenkte seinen Hut und winkte dem Nepomuk zu, und pfiff und jodelte ihn an, als wäre der sein Rauf- und Saufkumpan. Da erzürnten sich die Räte und die Dorfbewohner und wollten wissen, was der Grund sei, sich zu erkühnen ihrem großen Heiligen nicht Reverenz zu erweisen, wie sich das gehörte.

»Haha«, lachte der Bursche und winkte dem Standbild wieder ohne jede Ehrerbietung zu, »den da, den hab i no als Birnbaum kennt!«

»Du frecher Geselle«, wetterte der Herr Pfarrer empört, »dich werden wir das Beten lehren!« und da fiel die Menge über den Bösewicht her. Aber es gelang ihm, sich hinter den Stamm zu retten, und keiner traute sich so nah an den Heiligen heran. Der erste Stein kam im weiten Bogen an. Der Bursche duckte sich und sprang zur Seite.

Ein zweiter kam geflogen. Dann viele noch, aus sicherer Entfernung. Und einer von ihnen, ein besonders gefährlicher und spitzer Stein traf den heiligen Nepomuk mitten auf die rechte Wange! Die Leute erschraken zu Tode, und gesenkten Hauptes baten sie ihn, zu vergeben. Der Herr Pfarrer begann sogar mit einer Litanei, und alles stimmte ein. Und siehe da, als sie zu Ende waren und wieder aufzublicken sich getrauten, da lächelte der Heilige. Er hatte ein richtiges Grübchen in der rechten Wange, und lächelte. Und ganz besonders, so schien es, lächelte er auf den frechen Burschen herab, der nach vorn gekommen war, um den Schaden aus nächster Nähe zu besehen, und dicht unter ihm stand.

»Ah, da schau her«, hauchte er, »hat a so a großer Heiliger denn a an Humor?« Und er schlug die Hände zusammen vor Erstaunen, und hielt sie dann eine ganze Weile richtig gefaltet, genau wie die andern, die da standen und beteten.

»Seht ihr das«, sagte der Lehrer jetzt leise in die Stille hinein, »und versteht ihr auch, Kinder, was er uns lehren will, unser Nepomuk? Nur ein Kleiner in seinem Herzen schämt sich seiner Herkunft, will sie verstecken, und macht aus ihr etwas, das sie in Wahrheit nicht ist. Ein rechter Mensch ist zufrieden das zu sein, was dem Schöpfer ins Bild seiner Welt paßte, ein Staubkorn auf der Landstraße, oder ein unscheinbares Wiesenblümchen unter Tausenden, oder eben nur ein ganz gewöhnlicher Mostbirnbaum. Es ist unwichtig woher wir kommen. *Wie* wir den Weg gehen auf dieser Erde, in Wahrheit, und in Ehrfurcht der eine vor dem andern, darauf kommt es an.«

Eine Grippe und eine Pointe

Es war in Berlin zur Zeit der »Grünen Woche«, als wir Jacques Devals ›Towarisch‹ herausbrachten. Von meinem Mann so »übersetzt«, daß der Autor ihm sagte: »Ich wollte, Herr Goetz, ich hätte geschrieben, was Sie gespielt haben.«

Einmal aber mußten Vorstellungen ausfallen, was allerhand Gerüchte wachsen ließ, vielfältig und blumenreich, wie Gerüchte nun einmal sind, denn die einfachste Erklärung für unsere Absage, eine ganz ordinäre Grippe, wollte niemand gelten lassen, weshalb mein Mann sie in folgender Form in die Zeitung gab:

Im Bett
Temperatur 38.8
Puls 102
Ich habe eine Grippe und eine Pointe. Beide haben das Gemeinsame, daß man sie los werden möchte. Erst hatte ich nur eine Grippe. Da sie 50 % der Berliner Bevölkerung hat, ist das keine Pointe. Daß das Theater folglich geschlossen werden und die Leute zu Hause bleiben mußten, ist auch keine Pointe, sondern sehr betrüblich, wenn auch tröstlicher, als wenn das Theater geöffnet, und die Leute geschlossen zu Hause geblieben wären.

Aber die Berliner sagen: Der Goetz hat gar keine Grippe, sondern er spielt nicht, weil er

a) sich mit seinem Direktor zerkracht hat, weil
b) ›Towarisch‹ nicht so gut geht wie seine eigenen Stücke, und weil er
c) sein Geld nicht bekommt. (Eine besonders schmeichelhafte Argumentation, muß ich sagen.)

Das sind also noch immer keine Pointen, schon weil es ja gerichtsnotorisch feststeht, daß die Berliner immer recht haben mit dem was sie sagen. Ihnen kann niemand, nicht einmal ich, etwas vormachen!

Doch da fällt mir mein Vetter Friedebald Bernhardt ein, der sein ganzes Leben lang seitdem er denken konnte, von Woche zu Woche, von Monat zu Monat, von Jahr zu Jahr auf den Tod seiner Erbtante wartete, bis sie ihm endlich den Gefallen tat und an einer Erkältung einging, die sie sich bei seiner Beerdigung zugezogen hatte. Das war nämlich auch eine Berlinerin, diese »Tote Tante«!

Aber wenn wir nun am kommenden Mittwoch, an dem Tage, da

mich der Arzt entlassen will, wieder ›Towarisch‹ spielen sollten, dann hätten die Berliner diesmal unrecht gehabt. Das ist kaum auszudenken! Aber eine Pointe wäre es, die sich gewaschen hätte!

Vom Briefeschreiben

Wie meine geliebte Schwägerin Eva Bubner – mein Mann pflegte sie sein Schneebällchen zu nennen – mir sagt, war einer von Mütterchens bemerkenswerten Aussprüchen: Briefe können zu Todfeinden werden.

Ob mein Mann deshalb, schon in jungen Jahren, so ungern Briefe schrieb? Seine Unlust hierzu steigerte sich mit der Zeit zusehends, so daß ich ihm in dieser Hinsicht viel abnehmen konnte, und umso höher rechnete ich es ihm an, wenn er es mir zuliebe dann doch immer wieder mal tat. Ich brauchte manchmal diese Hilfe, wenn es einem Menschen dienen konnte, sich mit einem Brief von Curt Goetz, oft sogar als »Vati« signiert – seit dem ›Haus in Montevideo‹ 1945, mit unseren 12 Kindern auf der Bühne, waren wir für alle sowieso immer nur »Vati« und »Mutti« – ein wenig hervortun zu können, sich damit mehr Achtung zu verschaffen als es durch eigene Persönlichkeit und Leistung zu erreichen imstande war. Wollte meinem Mann dann nichts einfallen, weil er zu wenig Beziehung zu meinem Schützling hatte, dann mußte ich nach einem »Muster« für ihn suchen, nach einem alten Brief den er früher einmal geschrieben, oder einer Rede die er irgendwann gehalten und aufgezeichnet hatte. Es mußte etwas sein, das sich auf den gegebenen Fall »umbiegen« ließ. Damit konnte er »sich selbst bestehlen«, und das war dann sein Spaß dabei.

Letzteres tat er eigentlich auch gern in seinen Stücken. Da begegnet man öfter den gleichen Wendungen, den gleichen Gedanken. Manchmal sind es ganze Figuren, die er wiederholt, wie zum Beispiel, gleich dreimal die Exzellenz von Tatenat im ›Lampenschirm‹, die als alter Dingelsdorf in ›Nichts Neues aus Hollywood‹ erscheint, und in den ›Miniaturen‹ als Graf Dingelstädt wiederkommt. Auch der junge Mann den er sich schrieb, ist immer derselbe. Nie ist er wirklich *jung*, leichtlebig, sorglos, übermütig, kein Springinsfeld, sondern stets gesetzt und sogar etwas gelangweilt. Er ist verwöhnt mit allen Gaben und Gütern dieser Welt, und trotzdem unausgefüllt, suchend nach dem Glück, ein Musterexemplar des übersatten Kapitalisten, den er so gern aufs Korn nimmt. Liebesaffairen hat er genügend hinter sich, und erst wenn er die wahre, die reine Liebe findet, erfüllt sich sein Leben. So ist der Lord im ›Märchen‹, der junge Charly in ›Der Lügner und die Nonne‹, Peer Bille in ›Hokuspokus‹ und alle Figuren die er in seinen Einaktern spielte. Und wie der

Maler immer wieder seinen Typ malt, so ist die weibliche Gestalt immer wieder die gleiche, stets ist es bei Curt Goetz das kindhafte »halbe Portiönchen«, das seinem Geschmack entsprach, auf der Bühne, wie im Leben (Gott sei Dank!).

Doch zurück zum Briefeschreiben.

Unsere zwei Kinder, Heidi und Peter machten die Ausnahme, für sie fiel meinem Mann immer etwas ein, da brauchte er kein »Muster«, ihnen hat er ausgesprochen gern geschrieben. Zu jeder Gelegenheit tat er es, zu den Zeugnissen, den guten und den schlechten, zu allen Festen, auch wenn wir die Kinder da natürlich immer im Hause hatten – ohne sie wäre ein Fest kein Fest gewesen – schrieb er ihnen sogar oft in Reimen. Das machte ihm Freude, und kam ihm aus dem Herzen leicht in die Feder. Ich denke ich müßte diese »Liebesbriefe«, und die oft gelungenen Antworten unserer zwei Kleinen, zusammen mit Briefen an Verleger und Direktoren – die man dann weniger als »Liebesbriefe« bezeichnen kann – herausbringen, was vielen Spaß machen sollte.

Wie oft aber mußte ich meines Mannes Briefe umschreiben! So komisch das klingt, es war so! Wenn ich zum Beispiel fürchtete, daß Peterle noch zu unreif sei, um Vatis humoristische Wendungen nicht in die falsche Kehle zu bekommen!

Das Kind, das wir zeitweise im Internat hatten, sollte uns mitteilen, daß das Zeugnis wieder einmal nicht gut ausgefallen war. Peterle schrieb:

Meine inniggeliebten Eltern,
wie geht es Euch? Mir geht es prima gut. Was ist bei Euch für ein Wetter, ich hoffe ein gutes. Bei uns ist es herrlich schön wie schon lange nicht mehr. Kein Wölklein am Himmel.
Aber es ist doch zu schade, daß ich in Latein eine 5 bekommen habe. In Mathe habe ich leider auch nur eine 5 bekommen.

Viele innige Küßchen
Euer Peter

Daraufhin hatte mein Mann sich vorgenommen, seinem Peterle einen *saugroben* Brief zu schreiben, der dann so ausfiel:

Mein geliebter Sohn,
mit Dir werde ich schlittenfahren, mitten im Sommer, wenn das so weitergeht!

Kuß,
Vati

Wie ich meinen kleinen Peter kannte, hätte er sich nun unbändig auf diese Schlittenfahrten, im Sommer, mit Vati, gefreut! Dieser Brief mußte natürlich ganz anders werden, ich schrieb ihn um, ließ ihn Vati signieren, und er war zufrieden damit. Aber von da ab mußte ich auch gleich alle Privatpost erledigen. Er versah sie mit seiner Unterschrift wenn sie ihm recht war, oder korrigierte sie mir. Aber schreiben mußte ich sie.

Nur an unser Töchterchen Heidi – seit vielen Jahren ist sie Gott sei Dank eine sehr glückliche Ehefrau und lebt im schönen Hamburg – wollte er selber schreiben, das ließ er sich nicht nehmen, und diese Briefe konnte ich auch abschicken wie sie waren, denn dieses kleine Mädchen war für ihre Jahre reif und verständig, und hatte ausgesprochenen Sinn für seinen Humor. Vom ersten Tage an. Hier sind ein paar Zeilen aus einem Brief von Vati an sie, und ihre ganz reizende Antwort:

»Mein geliebtes süßes Töchterchen,
wie glücklich macht es uns jedesmal, wenn wir von Deiner kleinen Hand geschrieben, die Worte Vati und Mutti lesen, Du unser Traumgeschöpfchen! Hab Dank für Deinen schönen Brief an Mutti. Auf wen oder was soll ich nun eifersüchtiger sein? Auf Mutti, resp. Dich, weil sie Dich so ins Herz geschlossen hat, oder auf Dich, resp. Mutti, weil Du sie so liebst? Du siehst, so ein Vati hat es nicht leicht. Ein Jammer in jedem Fall, Heidilein, daß ich Deine Frau Mutter nicht gekannt habe. Glaubst Du, sie wäre auf mich reingefallen? Ich wäre zu gern Dein richtiger Vati ...«

»Lieber Vati,
Du bist ja sowieso unser richtigster Vati geworden, und ich hätte meiner Mutter überhaupt nur Dich erlaubt, Dich und Mutti natürlich. Ach so, das ginge ja gar nicht. Also, Themawechsel! Aber Ihr wißt schon, wie ich es meine.
Gib meiner Mutti einen festen Kuß von mir, und Dir auch einen. Geht schon wieder nicht, also Themawechsel, und Schluß für heute.

Küßchen, 100.000,
Euere Heidi.«

Aber nicht immer kam ich mit meinen Briefen so glatt durch, wenn er »hüst« und ich »hott« fahren wollte. Ich erinnere mich jetzt gern eines für mich beschämenden Falles seiner unvergleichlichen Herzensgüte und Großmut.

Ich hatte einen Brief an eine Frau geschrieben – seit einigen Jahren ist sie tot – die sich, als sie noch unverheiratet war, als Haushilfe vorstellte. Schon ihrem Aussehen nach lag das Mädchen meinem Mann nicht, und außerdem war sie »wahrnehmbar ungepflegt«, wie mein Mann solches zartfühlend nannte. So nahm ich die 16jährige nicht auf, und suchte ihr anderswo einen Platz, weil sie mir leid tat als ich ihre Geschichte erzählt bekam.

Mit wenig Wochen war sie von der Mutter zu bitterarmen Bauern gegeben worden, hatte da auf alles verzichten gelernt, was einfachsten Kindern zusteht, und dann, erwachsen, noch erfahren zu müssen, daß keiner da war, der für sie da sein wollte, da weder die Mutter noch der Vater über das 16. Jahr hinaus auch nur eine Mark für ihre Ausbildung zu zahlen bereit waren, obwohl sie keinen höheren Anspruch ans Leben stellte, als auf einen Kurs für bescheidenste Büroarbeit. Ich konnte mich hineindenken, und wollte es auch, in diese bittere Armut, in die aussichtslose Einsamkeit dieses Mädchens, nie von der Mutter, dem Vater, den Großeltern gehört zu haben, wie sie in Ehrbarkeit die Wurzeln für uns in die Erde schlugen die wir dann Heimat nennen können, nie das beglückende Gefühl zu verspüren, diese oder jene Angewohnheit oder Neigung in mir kommt von Großmutters Seite, oder von daher, oder von dort her. Vor allem aber, als Baby nicht ans Herz genommen worden zu sein in dankerfüllter Mütterlichkeit, und so das Schönste auf der Welt, die Liebe, nicht erlernt zu haben und auch nie nachlernen zu können, wie ein Blindgeborener durchs Leben gehen zu müssen, dem man nie erklären kann, was Farben sind. Denn dieses Manko bleibt nun mal allen diesen Menschen bis an ihr Ende.

Ich verfaßte an sie, zu einem besonderen Anlaß, einen jener Briefe »zum Zeigen«. Er begann mit »Süße X«, und ich legte ihn meinem Mann zur Unterschrift hin.

»Aber Mutti! 183 Zentimeter kann ich doch nicht mit ›Süße‹ anreden, da lachen doch alle Hühner«, sagte er, und fand den ganzen Brief auch viel zu überschwenglich. Wenn er von ihm kommen sollte, müßte er ins Humorige gehen. Man bekäme nur einmal im Leben sein erstes Kind, meinte ich, und wenn ich mir vorstellte, wie oft sie gerade jetzt dran dächte, daß ihre Mutter sie nicht mochte und schnellstens weggab, wünschte ich, daß er ihr besonders warm gratulierte. Es sollte doch auch die Schwiegereltern beeindrucken, denen sie leider auch gar nicht lag, und da würde ein Brief von »Vati Curt Goetz« mehr Wirkung haben, als einer nur von mir, mit seinen drangeschriebenen Grüßen.

»Ach, Muttilein«, sagte mein Mann in dem besorgten Ton, den ich so gut kannte und liebte, »du gehst doch immer zu weit, wenn du jemand helfen willst! Du kennst dann keine Grenzen, und dichtest in deine Lieblinge hinein, was sie gar nicht haben *können*.«

Ich habe wohl immer hingehört und auch zugeben müssen, daß er recht hatte, wenn er mir seinen Standpunkt erklärte, aber ich habe mich leider nicht immer danach gerichtet. In diesem speziellen Fall zum Beispiel, war er der Ansicht, daß einem Menschen, der in seiner Jugend richtigen Haß gegen die eigene Mutter zu empfinden lernte, ganz einfach der Nährboden fehlte für Gefühle, wie sie in uns Glücklicheren, ganz ohne Verdienst, automatisch, wachsen konnten, und man würde Leute überfordern mit Voraussetzungen, die sie nicht erfüllen *könnten*. Und dann legte er mir nahe, doch mehr an ihn zu denken, wenn ich Briefe in seinem Namen schriebe, als an die Adressaten denen ich damit helfen wollte. Ich könnte in diesem Brief alles schreiben, nur nicht ausgerechnet »Süße«, denn dabei würde jeder Vernünftige sich ein Mädelchen mit Grazie vorstellen, und müßte zumindest an seinem »künstlerischen« Geschmack irre werden, und besonders die Schwiegereltern würden dann zu deutlich die Absicht merken. Aber, ich war störrisch und wollte den Brief nicht noch einmal schreiben. Ich ließ ihn auf seinem Schreibtisch liegen.

Nächsten Morgen schrieb er ihn dann selber, und weil er nun wußte, wie viel mir daran lag, sogar sehr sorgfältig, von Hand!

Und der Brief fing an mit: »Süße X...«

Zu einem ganz besonderen Anlaß mußte ich nach Genf fahren. Ich stand etwas ratlos auf dem Perron, weil ich mein Französisch, das ich in Wien im Kloster *Notre Dame de Sion* lernte, fast vergessen habe. Ich brauche Stunden um mich an die Sprache zu gewöhnen, in ihr denken zu können, bis ich sie sprechen kann. Ich überlegte krampfhaft, wie ich den Gepäckträger – in Genf gibt es noch welche, wahrscheinlich um in den Augen der Vereinten Nationen zu brillieren – bitten müßte, meinen Koffer zu einem Taxi zu bringen.

»Ayez la bonté de prendre ma valise ...« nein, das geht nicht, für »valise« ist mein Handkoffer zu klein, sagte ich mir, »de prendre mon bagage ...«, das kann auch nicht stimmen, dazu müßten es mehr Stücke sein, dachte ich, als eine liebliche Stimme, in fließendem Deutsch, hinter mir fragte:

»Darf ich Ihnen Ihren Koffer tragen, gnädige Frau?«

Ich wußte im Augenblick nicht was ich diesem bildschönen Mädchen antworten sollte, und sagte wohl das Dümmste, was man einer Fremden in so einem Fall sagen kann:

»Ja, wie kommen Sie denn hierher ... und ... und ... und wie kommen Sie denn dazu ...«

»Ich komme aus München«, sagte die Kleine, »ich habe Sie dort im ›Haus in Montevideo‹ gesehen, es war wunderbar, und ich freue mich, wenn ich Ihnen jetzt behilflich sein darf.«

Grenzt so etwas nicht ans Wunderbare? Und hat mein Mann da nicht wieder seine Hand im Spiel, dachte ich mir?

Die reizende kleine Susanne schleppte meinen Koffer, und wie ein besorgtes Töchterchen hakte sie mich unter, um mich heil durch den Straßenverkehr zu bringen. Ich lud sie in ein nahes *bistro*, und wir konnten zwei fröhliche Stunden verbringen, weil sie auf Anschluß nach Nizza warten mußte, wo sie mit ihren Freunden auf deren Jacht die Ferien verbringen wollte.

Ich trennte mich von ihr mit einem echten Glücksgefühl im Herzen. Diese kleine Susanne Engelhardt hatte mir wieder einmal gezeigt, daß es ganz großartige Exemplare der heutigen Jugend gibt, die in vernünftiger Selbstzucht leben. Und diese zarte Susanne wäre so ganz die Handschuhnummer meines Mannes gewesen, wie hätte er die Kleine auf den ersten Blick »gefressen«! Obendrein, Buchhändlerin aus Berufung, schwärmt sie, wie sie sagt, schon seit sie lesen kann für Curt Goetz, und so habe ich ein Töchterchen mehr, an das ich lieb denken, und wenn ich in München bin, stolz ausführen kann.

Aber das Schönste an dieser Begegnung, ist die Korrespondenz die sich daraus ergab, mit einer Pointe dieser kleinen Susanne – ob bewußt oder unbewußt, soll komödienhaft in der Schwebe bleiben –, die so apart ist, wie die grazile Buchhändlerin selber, und so lustig, daß sie beinahe von Curt Goetz sein könnte, weshalb ich sie mir noch eine Weile aufsparen will. –

Daß ich damals gerade nach Genf fahren mußte, damit hat es eine besondere Bewandtnis. Die ›Memoiren des Peterhans von Binningen‹ bewähren sich oft wie der Suchdienst des Roten Kreuzes. Immer wieder einmal melden sich Leute bei mir, denen eine Schwester, ein Onkel, eine Tante oder Freunde die Bücher zuschickten bis nach Johannisburg, Mexico sogar Shanghai, fragen mich nach einem der im Text erwähnt ist, und ich kann oft eine glückhafte Verbindung herstellen.

So schrieb mir Helga Mitschke, die Tochter unseres Kollegen Walther Steinbeck, die damals, als wir mit ihm unsere ersten Stücke aus der Taufe hoben und die Tourneen mit ihnen erfanden, noch kaum konzipiert sein konnte. Sie schrieb, wie sehr sie an jedem Wort hänge, das ich über ihren Vater zu erzählen gewußt, daß ihre Tochter Christiane nun ihr erstes Baby erwarte, und wenn es ein Mädchen würde, es nach dem Wunsche der Eltern, Valérie heißen sollte.

Dann war das kleine Wesen pünktlich da, und war wirklich eine kleine Valérie geworden, die schon vor ihrer Geburt einen besonders guten Geschmack entwickelt hat, indem sie sich zu ihrer lieblichen Mutter, Monsieur Hidéo Naíto zum Vater wählte, und jetzt eben den melodischen Namen Valérie Madóka Naíto führen darf. Und da Monsieur Naíto für sein Vaterland, das ferne Japan, in Genf arbeitet, mußte ich eben nach Genf fahren.

In der Kirche besetzten die Taufgäste, etwa 25 an der Zahl, die erste Reihe, und während »Monsieur le pasteur« seine schöne lange Rede hielt, wurde Valérie Madóka weitergegeben, von einem zum andern, die ganze Reihe lang. Jeder durfte sie eine Weile haben. Das war mir neu, gefiel mir besonders, und wahrscheinlich hielt sich die Kleine so artig und ruhig, weil man ihr so viel Abwechslung bot.

Gerade als ich sie von meinem Nachbarn gereicht bekam, winkte der Pastor sie heran zur heiligen Handlung. Ich kann nicht beschreiben, was es für mich bedeutet hat, dieses Kind, die Urenkelin eines lieben Kollegen, mit dem uns einst Erfolg und Segen verbanden, woran sich so viele freudvolle Erinnerungen knüpfen, dabei im Arm zu halten. Dazu ist Valérie Madóka ein Püppchen von seltenem Reiz und sieht viel fertiger aus als unsere Babies. Auch ist sie das achte, das nach mir getauft wurde.

Den Anfang machte Berlin. Die Eltern, Knut und Doris Lehmann, nennen ihr Töchterchen Tania Valérie, und sind ein Prachtpaar heutiger Jugend. *Das gibt es!* Ich kann sehr böse werden, wenn man sie insgesamt für schlecht hält, und ihr insgesamt Unzucht und Laster anhängt. Minderwertige und Schwache gab es immer, zugegeben heute mehr als früher, nur wird heute auch viel mehr Sums um sie gemacht. Aber daß auch unsere vernünftige Jugend mit der heutigen Welt nicht zufrieden ist, kann man verstehen.

Sie hat keine Mütter!

Damit ist alles gesagt, denn sie hat dadurch kein warmes Nest, kein Vorbild in der älteren Generation, was wir Glücklicheren alles noch hatten. Die heutige Jugend hat nichts für's Herz, und rettet sich in Sinnlichkeit, weil man oberflächlich beides »Liebe« nennt.

Es ist die ältere Generation, und da die Frauen, denen die Schuld an der Verlorenheit der Jugend anzulasten ist, jene Frauen, die sich und uns vormachen wollen, daß sie für ihre Kinder mehr tun, wenn sie »arbeiten« gehen, als für sie da zu sein! Ich meine nicht die Frauen, die arbeiten müssen, weil der Vater allein die vielen hungrigen Mäulchen nicht stopfen kann, und mehr Wohnraum schaffen muß für die wachsende Familie. Von diesen Frauen blieben die meisten gern zu Hause. Ich meine jene, die genug haben, aber mehr haben wollen, die unter Leute kommen müssen, weil sie ihre innere Leere selber nicht ausfüllen können, weder durch Gefühl noch durch Temperament, die sich deshalb mit Mann und Kindern zu Hause langweilen. Es sind jene Frauen, die zu ihrer Hoch-Zeit nicht junge Glut zwang sich in Liebe hinzugeben, die überlegt einen Mann nahmen, der »vorteilbringend« war, dem sie jetzt vorrechnen, was seinetwegen ihnen das Leben schuldig blieb! Jene Frauen, die, da Anschauung und Gesetz für die heranwachsende Jugend – die reifer und weiter ist als wir es waren – mit Recht Lockerung erfahren, sich dies rückwirkend zunutze machen wollen, und nun ihre Nachholbedürfnisse mit Aplomb in aller Öffentlichkeit erledigen, damit auch ja alle sehen, wie unzulänglich der Gatte sie bedient und wie heißblütig sie doch plötzlich geworden sind.

Vor diesen Müttern soll die Jugend Achtung haben? Zu viel verlangt!

Und immer schon ist beobachtet worden, daß den »Lauten in Liebesdingen« die Sache an sich weit weniger bedeutet, als sich in ihr zeigen zu können. »Wer Erotik in seinen jungen Jahren erfährt –

Glückskinder freilich der Natur – der hütet das Geheimnis darum, und trägt es nicht auf die Straße.« So habe ich, glaube ich, bei dem Liebeskünstler Casanova gelesen.

Aber Knut L. und seine zarte Doris sind ein prächtiges heutiges Elternpaar. Man sieht es ihnen an, daß die Familie einmal bessere Zeiten gekannt haben mag, weshalb sie keine Geschichte daraus machen, Zeitungen auszutragen wenn es mal sein muß, wenn ein neuer Wagen oder sonst etwas gebraucht wird. Das bedeutet, um ein Uhr nachts aus den Federn, bei Wind, Regen und Eiseskälte. Pro Zeitung gibt es monatlich DM 1.50. Bis 450 Blätter werden täglich zugebracht, das erfordert drei bis dreieinhalb Stunden für jeden, treppauf, treppab, und das ergibt 650 DM im Monat, wozu beim Einkassieren am Ersten noch ein kleines Geschenk kommen mag.

Eine großartige kleine Mutti ist Doris, die drei Stunden der Nacht opfert, mitarbeitet, aber den ganzen Tag bei den Kindern bleibt, weil sie weiß, daß dies ihre erste Pflicht ist.

Mein Mann redete mir nie in den Haushalt drein. Nur einmal bat er mich eine Hausangestellte zu entlassen, obwohl ich mit ihrer Arbeit sehr zufrieden war. Und zwar sagte die Frau, als wir mit ihr beim Kaffee saßen, sie könnte es kaum erwarten, daß ihre Kleinste zur Schule käme, da sei sie wieder frei, und könne endlich wieder ihr Leben leben, denn dann brauchten die Kinder sie nicht mehr. Das brachte meinen Mann auf die Palme! Es ereignete sich ja auch in Hollywood, wo sie vor den Fenstern stehen! –

»Jede Dienstspritze«, sagte er damals, »kann zur Not ein Kleinkind versorgen, dazu gehört nur eine gutgehende Uhr. Aber später, wenn sie zur Schule kommen, die Kinder, und fremden Einflüssen ausgesetzt werden, und erst in den Entwicklungsjahren, dann *will eine Mutter* da sein, und ihnen täglich vorleben, wie man leben soll. So unterscheidet sie sich vom Dienstmädchen, die endlich ihr Leben leben will.«

Ist es nicht so? Jeder halbwegs Denkende weiß, daß unsere Jugend daran krankt, keine Mütter zu haben, denen alles andere auf der Welt unwichtig ist, außer Mann und Kindern. Die haben in ihren Rahmen auch immer genug, ob Vati Handlanger, Handwerker, Beamter oder Doktor ist. Und diese brauchen wir wieder, die uns eine heile Welt garantieren, in der allein es sich zu leben lohnt.

Daß ich solchen immer wieder begegne, verdanke ich den ›Memoiren des Peterhans von Binningen‹, die mir nach wie vor unbeschreiblich liebe Briefe bringen aus aller Welt, und den Rollen die mein Mann mir vorsorglich schrieb, damit ich etwas Schönes zu spielen hätte, so lang es mir noch Freude macht.

Mein letztes Gastspiel in München hat mir gleich drei kleine Valéries gebracht. Und ich zitterte gerade vor München so sehr, und dachte, diese Stadt, – in die wir so selten kamen weil mein Mann fand, daß die Staatstheater und die Kammerspiele sich sowieso die besten Schauspieler Deutschlands gekapert hätten, – würde ihn jetzt abtun mit »Opa's Theater«.

Aber es kam ganz anders. Der Autor bekam wunderbare Kritiken, und kaum an einem Abend blieb ein Platz leer. Bei diesem Gastspiel beglückte es mich besonders, daß die Jugend das alte ›Haus in Montevideo‹ so begeistert aufnahm. Kaum habe ich je so viele Autogramme zu schreiben gehabt, und wenn ich die jungen Leute fragte, was ihnen denn an diesem »unmodernen« Stück so gefiele, dann sagten sie wie aus einem Munde: Warum schreibt man heute nicht mehr so Gescheites mit so viel Herz?

Ja, ich weiß es auch lange schon, »man trägt wieder Herz«. Mein Mann läßt es den Hellseher sagen in seiner subtilsten, der »Consordino-Komödie« ›Der Lügner und die Nonne‹, die durchgelacht wurde bei ihm, die er verstanden haben wollte, als Reverenz vor echtem Gottesglauben, weil er in dem Verlorengegangenen das Heilmittel gegen Äußerlichkeit und Niedergang, auch in der Kunst, sah. Ein Photo aus einem Bildband von 1947 zeigt ihn als den greisen Kardinal, den er ohne einen einzigen Schminkstrich zu ziehen, glaubhaft machte mit seinen 39 Jahren. »Schlackenlos«, hieß es dazu.

Auf des Bildes Rückseite steht zu lesen:

Hier ist Ihr unglücklicher Curt Goetz. Unglücklich, weil es ihm nicht gelingen will, ein paar Zeilen zur aufgeworfenen Frage zu Papier zu bringen. Nicht deshalb allein, weil es ihm im Innersten zuwider ist, Klugheiten von sich zu geben, die ohne die schützende Hülle eines Witzes nackt und schamlos sich als solche zu erkennen geben, sondern auch, weil in diesem besonderen Falle die Erschütterung am offenen Grabe des Theaters zu groß ist, um verstandesmäßigen Erwägungen Raum zu lassen. Die deutsche Theaterfront, ein Bollwerk westlicher Kultur, ist auf der ganzen Linie zusammengebrochen. Damit muß man sich abgefunden haben, um darüber diskutieren zu können. Und ich will mich nicht abfinden. Gerade wer wie ich im Ausland beheimatet ist und lange Zeit von Deutschland abwesend war, steht vor etwas Unfaßbarem. Wer dieses Schlachtfeld verlassen hatte, um andersgesinnte Truppen zu sammeln, ahnte nicht, daß er diese auf ein Trümmerfeld zurückführen würde. Unter den Trümmern liegen Freunde,

Kampfgenossen, Kumpane ... Und Illusionen ... Wie sagte jener sächsische Landsturmmann, dessen Truppenteil in Gewaltmärschen an die bedrohte Front geworfen wurde?
»Um die Keile zu beziehn, hättmr uns
nich so zu beeiln brauchn!«

Curt Goetz
Berlin 1947

Mein Mann schrieb wohl deshalb ungern Briefe, weil er so große Achtung vor dem geschriebenen Wort hatte, daß er meinte, auch eine Postkarte an seinen Schneider müßte ein literarisches Kunstwerk sein.

Ich fand eine Korrespondenz, nicht mit seinem Schneider, aber mit seinem Freund Max Kaufmann, *über* seinen Schneider.

Berlin, 25. Juli 1922

Mein lieber Maxe,
das erste Mal, lieber Max, daß Du mir einen Unzuverlässigen empfohlen hast. Und daß dieser Schneider Schlierer billiger wäre als meiner hier in Berlin, kann ich nicht bestätigen, denn die zwei Fahrten nach Hiddensee die ich machen mußte, ganz abgesehen von den vielen Briefen und Karten die ich ihm zu schreiben gezwungen bin bis die Anzüge endlich kommen werden, machen den Preisunterschied zumindest wett.

Ich muß auf die Probe ins Lessing-Theater, daher die Kürze,

Dein Curt

Hiddensee, 30. Juli 1922

Mein lieber Curt,
ich vergaß Dir zu sagen, daß Schlierer ein Theaternarr ist, Autogramme sammelt, und mit diesen auch handelt. Ich war heute bei ihm, Deine Anzüge sind längst fertig. Ich habe ihm 10mal Dein Autogramm geschrieben, die er viel echter findet, als die, die Du ärgerlich unter Deine Briefe und Karten setztest, die wirklich kaum zu lesen sind, und so schicke ich Dir hier Deine Anzüge. Habe sie probiert, sie sitzen tadellos und sind nun wohl doch billiger als die von Deinem Berliner Meister.

Maxe

P.S. Soll ich Dir ein paar Dutzend Autogramme schicken? Ich bin so gut in Übung.

Tante Grete

Es gab zwei Tante Grete in der Familie, die dünne Tante Grete und die dicke Tante Grete. Die dünne Tante Grete, aus Vaters Verwandtschaft, war jene rührende Person, die der ganzen Sippschaft aushalf, wo immer es not tat, der niemals der Gedanke gekommen war, daß sie vom Herrgott eigentlich auch ein eigenes Leben für sich zu leben bekam. Onkel Pastor sagte ihr am Grabe die Worte nach, die auch ich mir als Nachruf wünschte:

»Sie tat was sie konnte.«

Die dicke Tante Grete, aus der Roccoschen Familie, war einer der Zwillinge, die ihre Mutter nicht auseinanderhalten konnte, weil sie sich so ähnlich sahen. Weshalb sie immer nur den einen fütterte, der an Fettsucht hätte zugrundegehen müssen, während der andre fast verhungert wäre. Und dieser fast verhungerte, der später – aus schlechtem Gewissen wahrscheinlich – überfüttert wurde, das war dann die dicke Tante Grete geworden.

Um die dicke Tante Grete war immer etwas los. Einmal zum Beispiel, war der Familie ein Hund zugelaufen, und zwar gerade an dem Tage, als sie in der Klassenlotterie 5000 Mark gewonnen hatten. Onkel Emil der seit Jahr und Tag Lotterie spielte und jedesmal für jedes Mitglied des Hauses ein Los kaufte, meinte schon immer, daß es »nach dem Gesetz der Serie« einmal klappen *müßte.* Aber Tante Grete sagte dann:

»Aber Emil! Das ist doch ein Aber! Wie kannst du nur an so einen Aber glauben?«

Nun war es *aber* so weit, und Onkel Emil glaubte eben an sein »Gesetz der Serie«, und die dicke Tante Grete hielt das, wie gesagt, für Aberglauben und glaubte ihrerseits, daß es der Hund gewesen sei, der das Glück ins Haus brachte. Denn Rosa, das Mädchen, das sie schon 25 Jahre lang hatte, berichtete, daß er zwischen den Beinen des Geldbriefträgers in die Wohnung geschlüpft sein mußte, als dieser die 5000 Mark in ihre zittenden Hände zählte, »denn vorher«, so sagte sie, »war er nicht drin, und dann war er drin.«

Onkel Emil versuchte Tante Grete nun seit gut drei Wochen mit wahrer Engelsgeduld klarzumachen, daß sie im Irrtum sei, daß der Geldbriefträger die 5000 Mark längst bei sich hatte, daß diese wahrscheinlich schon am Tage davor auf der Lotteriestelle bereitgelegen hätten, daß also das Tier – Onkel Emil überwand sich jedesmal nur schwer, und meistens ohne Erfolg, den Zugelaufenen einen Hund zu nennen, weil dieses Exemplar, nach seinen Begriffen von dem edlen Freunde des Menschen, jenem diametral entgegengesetzt war – nichts mit den 5000 und dem Glück zu tun haben *könnte*. Aber es war nichts zu machen, Tante Grete glaubte an ihren Glückshund und erzählte die rührende Geschichte wie er ins Haus gekommen sei jedem der sie hören wollte – und auch andern die es nicht interessierte. »Durch die Füße des Geldbriefträgers«, betonte sie feuchten Auges, bei welcher Wendung ihr Sohn Karl Maria sich buchstäblich zu winden begann. »Mutter«, stöhnte er, »ich bitte dich, sag das doch nicht immer wieder! Das ist *falsch*!«

»Wieso«, erwiderte Tante Grete dann jedesmal, »es war doch so.«

»Gretchen«, fiel Onkel Emil darauf ein, »stell dir das doch einmal vor! Durch die Füße des Geldbriefträgers! Wer kann durch die Füße eines andern? Ein Messer könnte man durch einen Fuß oder die Füße stoßen, das wäre immerhin möglich. Bitte sage: Zwischen seinen Beinen ist der Hund – leider – in unsere Wohnung geschlüpft.«

Tante Grete überhörte ganz bewußt dieses »leider« und erwiderte freundlich:

»Ihr Männer könnt eben nicht logisch denken. Es ist doch so gewesen, denn die Rosa hat es bezeugt. Ihr Männer habt auch keine Phantasie! Ich sehe das mit meinem geistigen Auge vor mir, wie der Geldbriefträger in der Tür steht und der Rosa die 5000 vorzählt; und dabei ist mein Glückshund durch seine Füße gekrochen. Anders ging's ja gar nicht, nicht wahr, Linda Maria Luise, mein Kind?«

Es war aussichtslos, und es war offenkundig, daß die sonst so einhellig lebende Familie nunmehr durch den »Glückshund« in zwei feindliche Lager zerfiel, in Vater und Sohn, und Mutter und Tochter. Ihren Höhepunkt erreichte das Zerwürfnis, als Tante Grete ihrem Liebling den Namen *Fortuna* gab. Da drohte Karl Maria auf der Stelle auszuziehen, weil er, als Philologiestudent es nicht mitanhören würde, den göttlichen Namen der antiken Glücksspenderin so buchstäblich »verhundst« zu sehen.

»Ich finde Fortuna passend«, sagte Linda Maria Luise ihrer Mutter vornehm beipflichtend, und nur weil es Onkel Emil im letzten Augenblick gelang die Damen davon zu überzeugen, daß sie sich lächerlich machten, wenn sie einem männlichen Hund – eine Tatsache die sich beim »Gassigehn« erweisen *mußte* – einen weiblichen Namen gäben, ließ Tante Grete davon ab, und taufte *Fortuna* auf *Schweinchen* um. Im Hinblick auf »Glücksschweinchen«, sagte sie.

»Muttlchen«, flehte Karl Maria, »geben wir ihm doch einen richtigen Hundenamen, Fips oder Fops oder sonst etwas, einen kurzen, der sich leicht rufen läßt und phonetisch ankommt.«

»Kind, das verstehst du nicht«, sagte Tante Grete zärtlich, »er soll wissen, daß wir wissen, daß er uns das Glück ins Haus gebracht hat, er soll immer wieder hören, daß wir ihm dankbar sind. Wo in der ganzen Welt hat ein Hund so etwas jemals getan? Und gleich 5000 Mark! So mir nichts dir nichts, *fünftausend Mark*! In dem Namen soll unsere große Dankbarkeit liegen, und das versteht so ein Hund auch.« Da gab Karl Maria auf, was Onkel Emil längst getan hatte.

Aber man muß der Wahrheit die Ehre und zugeben, daß es kein schlechter, kein ungeeigneter Name für diesen Hund war. Walzenrund von Statur – die Haut schimmerte durch die paar Haare die ihm eine Räude gelassen hatte – verwechselte er »egal« den Teppich mit dem Kies im Park, Fliesen und Parkett mit dem Straßenpflaster. Er hörte nicht auf den Namen Schweinchen. Wie sollte er, da er kurz zuvor noch Fortuna hieß? Obwohl er auf Fortuna auch nicht gehört hatte, und was wirklich sein Name war, wußte man nicht. Onkel Emil und Karl Maria waren überzeugt, daß der Köter niemals je auf irgendeinen Namen reagierte, aber Tante Grete und Linda Maria Luise bestritten dies. Sie hielten ihn für einen feinerzogenen, feinnervigen, feinrassigen Hund. Zweifellos aber lagen, den äußeren Anzeichen nach, Abstammung und Vergangenheit sehr im Dunkel.

Wie das bei »Mischrassen« meistens der Fall ist – auch bei Menschen läßt sich das nachweisen – war Schweinchen gerissener als Rasse es zu sein pflegt, was sich schon daraus erwies, daß er sich diesen Platz ausgesucht hatte. Er hätte ja auch im 2. Stock unterschlüpfen können, rechts, bei Ledebors Nr. 4, aber die hatten eine Katze und einen Igel, Tiere die, jedes in seiner Art, kratzten wenn man ihnen zu nahe kam, und das mußte Schweinchen mal mitbekommen haben. Außerdem waren Ledebors Lehrer, weshalb immer ein Rudel um sie war, und Schweinchen haßte Kinder, und hatte wohl auch da seine Erfahrung.

Im 2. Stock links, Nr. 3, wohnte Heinz Maria Lins, berühmter Künstler. Und das wäre nicht ungünstig gewesen. Künstler sind großzügig, gutherzig und nehmen es nicht so genau. Da hätte man sich einrichten können. Das große Aber aber war hier das Klavier! Er Kammersänger, sie Pianistin. Und das war störend an Linsens, obwohl ein Hund sich helfen kann wenn sonst alles stimmt, weil auch das forteste Fortissimo gegen das Heulen eines Hundes aufgeben muß.

Parterre links, was von manchem Gesichtspunkt aus bequem gewesen wäre, logierten Lohners, ein älteres ruhiges Ehepaar. Obwohl kinderlos, *ohne* Katze, *ohne* Igel und *ohne* Klavier, kamen sie von vornherein nicht in Frage. Sie waren Vegetarier.

Die goldene Mitte zu wählen, den 1. Stock, war also schlau wie sich zeigte, denn Tante Grete hatte das berühmte »goldene Herz« – für Tiere – und hatte Rosa deshalb auch sofort den Auftrag gegeben, ihren Glückshund in uneingeschränkter Freiheit, sozusagen antiautoritär, aufwachsen zu lassen – damit er späterhin ja nicht unter Komplexen und Hemmungen zu leiden hätte –, so wie man das heute mit Kindern ja auch macht, nach dem bewährten Vorbild von USA wo man dies schon seit Jahrzehnten praktiziert, und damit erzielte, was man heute dort er-haschen kann.

Auch bei Schweinchen stellte sich der erwünschte Erfolg ein, indem er schon nach Wochen der Schrecken der ganzen Umgebung war!

Der Hauswart hatte dem Hauswirt gekündigt, weil seine Frau vertragsgemäß wohl verpflichtet war die Treppen zu fegen und die Läufer zu bürsten, nicht aber hinter einem Hund zu putzen. In ihrer begreiflichen Wut hatte sie den Eimer mit dem Seifenwasser, den sie nun täglich zur Reinhaltung des Stiegenhauses mitschleppen mußte, dem Übeltäter nachwerfen wollen. Da der Köter sich aber gerade in dem Augenblick als Herr Lohner aus seiner Wohnung trat guter Manieren erinnern wollte und ihm den Vortritt ließ, traf das Wurfgeschoß den alten Herrn, der darob erschrak, ausrutschte, hinschlug, und mit einem Oberschenkelhalsbruch abtransportiert werden mußte.

Die Hauswartsfrau gab vor Gericht ihre Tat zu, beschwor aber, daß sie das Hundchen nicht den Eimer, sondern nur einen kleinen Spritzer verspüren lassen wollte, um ihm eine liebevolle Mahnung zu erteilen, daß der Eimer ihr gegen ihren Willen, wahrscheinlich durch das Seifenwasser und weil der Griff schon etwas abgenutzt und rutschig war – auch in trockenem Zustande – aus der Hand geglitten sei.

Der Richter erklärte den Eigentümer, den Besitzer des Hauses, im folgenden Hauswirt genannt, für schuldig und ersatzpflichtig,

1. weil dieser als Arbeitgeber für seine Arbeitnehmer voll verantwortlich und haftbar sei,
2. weil eher angenommen werden könne, daß Herr Meier durch die weit größere Menge des Wassers aus dem Eimer der Hauswartsfrau zu Fall gekommen sei, als durch die geringere, durch den Hund verursachte, die die Hauswartsfrau mit ihrem Seifenwasser zu bereinigen im Begriffe war, die allerdings – je nach Konsistenz der durch den Hund verursachten Menge – durch das Seifenwasser aus dem Eimer der Hauswartsfrau wesentlich verbreitert oder erweitert, dadurch eher gefährlicher, weil zum Rutschen und

Gleiten noch geeigneter gewesen sein konnte, respektive sein *mußte*, was somit auf die Hauswartsfrau, respektive ihr vom Hauswirt zur Verfügung gestelltes, zur Zeit des Geschehens mit Seifenwasser gefülltes, unzulängliches Handwerkzeug, den Eimer, respektive den Griff dieses Handwerkszeuges, von der Täterin als abgenutzt und rutschig, sogar in trockenem Zustande rutschig weil abgenutzt, geschildert, somit auf den Eigentümer des Hauses, den Hausbesitzer oder Hauswirt zurückfalle.

Rosa, die Gute, die Tante Grete 25 Jahre lang treu gedient hatte, kündigte auch. Sie hatte dran glauben müssen, weil sie Schweinchens Charakter überschätzte, und ihn für zu anständig hielt, ihr, nachdem alles blitzblank und feinsäuberlich geputzt, und der Boden gescheuert war, mitten in die Küche zu...

Sie lag nun mit einem zweifach gebrochenen Arm im selben Spital wie Herr Lohner, den seine Frau täglich besuchen kam. Ihr gutes Herz gebot Frau Lohner jedesmal auch Rosa zu begrüßen, und ihr dabei zu schildern, wie gut sie es haben würde, in einem Haushalt ohne Hund. Und so kam es, daß das gemeinsame Unglück die Leidensgefährten zusammenbrachte, und Rosa die Stelle bei Lohners annahm.

Die Lebensmittelgeschäfte der Umgebung hatten sich längst abgewöhnen müssen ihre Ware vor dem Laden zur Schau zu stellen, wie es seit jeher üblich war, weil Schweinchen sich einfach holen kam, was ihm gerade gut genug roch.

Zum Beispiel war es einmal geschehen, daß bei Rollenhagen & Sohn, Krebse und Hummer geliefert wurden. Der Fahrer hatte den Auftrag das Parkverbot zu beachten und die Körbe mit der köstlichen Ware nur schnell auf den Bürgersteig zu stellen; Rollenhagens Laufburschen sollten sie dann in den Laden holen.

Das hatte Schweinchen gesehen, sprang quer über den Platz, daß man die Autobremsen und die Damen nur so quietschen hörte, und schon steckte der seine Schnauze in einen der Körbe. Ihm schien aber nicht begehrenswert was sich da drin bewegte, so rümpfte er nur die Nase und zeigte sein Desinteresse an der Ware, indem er sein Hinterbein an dem Korb hob.

Das Schalentier war aber auch nicht dumm, verstand die herausfordernde Mißachtung, und zwickte sich mit einer Zange an diesem frechen Beinchen fest.

Aufheulend rannte Schweinchen, den Hummer nachwirbelnd, im weiten Bogen um den Platz herum, und immer wieder um den Platz herum, aber der Hummer ließ nicht los, wie sehr Schweinchen auch sprang, rannte und heulte. Im Nu stockte der Verkehr und man konnte glauben, die ganze Stadt hätte sich hier eingefunden, um die seltsame Szene mitanzusehen.

Auch Tante Grete war aus dem Haus gestürzt und Herr Rollenhagen aus seinem Laden, und die beiden kriegten sich fast in die Haare.

»Mein Hummer, mein größter, teuerster Hummer«, brüllte Herr Rollenhagen.

»Mein Schweinchen, mein armes, teueres Schweinchen«, jammerte Tante Grete.

»Pfeifen Sie doch Ihrem Hund«, fauchte Herr Rollenhagen Tante Grete an.

»Pfeifen Sie doch Ihrem Hummer«, schrie Tante Grete zurück.

Lange Wochen war das Geschehnis Stadtgespräch. Onkel Emil konnte kaum noch ausgehen. Wohin er kam, wurde er gehänselt, oft sogar ernstlich beschimpft, denn überall richtete dieses Glücksschweinchen Unglück und Schaden an. Es würde einen Hund gejammert haben, hätte er die Früchte dieser modernen Erziehungsmethode an Menschen beobachten müssen.

Tante Grete, die alle vierzehn Tage »eine Neue« hatte, sprach nur noch mit ihrer Tochter Linda Maria Luise, Karl Maria nur mehr mit seinem Vater, so daß die Luft im Hause zum Schneiden dick war, und das Familienglück an einem hauchdünnen Faden hing.

Als die Zeit der alljährlichen Sommerreise herangerückt war, fuhren die Damen dieses Mal alleine ab. Die Herrn blieben daheim, schlecht versorgt von wieder »einer Neuen«, die aber gleich am ersten Abend kündigte. Der Hund hatte ihr ein teures Kleid zerfetzt, und ein neues Paar Schuhe zerbissen, weil sie sich erlaubte, ihm den Braten für die Herrn aus den Zähnen zu reißen und auf den höchsten Schrank im Hause zu stellen, bis der Tisch zum Abendessen gedeckt war. Was Wunder, daß sie danach nicht mit ihm Gassi gehen wollte, und Karl Maria es wohl oder übel tun mußte.

Im Park auf einer Bank saß ein ungleiches Paar, ein netter junger Mann, der Paul hieß, und eine unnette etwa vierzigjährige Dame, die Paul sehr zu unrecht Netti nannte. Beide sahen ziemlich gelangweilt aus, als Schweinchen sich anschickte, auch auf dieser Bank Platz nehmen zu wollen, zwischen dem netten jungen Mann und der unnetten älteren Dame.

»Ein netter Kerl«, sagte der nette junge Mann. Er hatte es gesagt, um überhaupt einmal etwas zu sagen, denn anscheinend hatte er nicht viel zu sagen.

»Was hast du gesagt, Paul«, fragte barsch die unnette Dame.

»Ein netter Kerl, Netti, habe ich gesagt«, sagte der nette junge Mann.

»Wer«, fragte barscher die unnette Dame.

»Der Hund«, sagte der nette junge Mann.

»Finde ich nicht«, erwiderte barschest die unnette Dame, und drehte den Kopf weg.

»Wie heißt er denn«, fragte der nette junge Mann eingeschüchtert.

»Schweinchen«, sagte Karl Maria.

»Oh pfui«, sagte die unnette Dame, und rückte an das äußerste Ende der Bank.

»Das ist abgeleitet von Glücksschweinchen«, sagte Karl Maria, und dabei durchzuckte ein teuflisch schöner Gedanke sein Gehirn, »das ist nämlich ein Hund, der Glück bringt.«

»Wie nett«, sagte Netti sehr nett, »Paul, rück doch etwas zur Seite, vielleicht will der Herr auch hier Platz nehmen.«

»Danke sehr«, sagte Karl Maria, und setzte sich.

»Wieso bringt dieser Hund Glück«, fragte Paul leise.

»Wieso kann ich Ihnen nicht sagen«, sagte Karl Maria, »aber er tut es. Das kann man nur ausprobieren«, und dann erzählte der die Geschichte von den 5000 Mark und wie der Hund zwischen den Beinen des Geldbriefträgers in die Wohnung geschlüpft sei.

»Ach«, sagte Netti ganz besonders nett, »durch die Füße des Geldbriefträgers, sagen Sie? Das kann ich mir richtig vorstellen. Das ist sehr interessant, und das würde auch mich interessieren.«

»Aber bitte«, sagte Karl Maria, »wollen Sie ihn haben, gnädige Frau?«

»Das können wir doch nicht machen«, sagte der nette junge Mann fast entsetzt, »wir können doch nicht ...«

»Du hältst den Mund«, sagte die unnette Dame wenig nett und wenig damenhaft, »als ich sagte, daß der Hund von dem Herrn ein netter Kerl ist, hast du gesagt, das findest du nicht. Also misch dich jetzt nicht in den Hund hinein. Was kostet er, mein Herr?«

»Darüber ließe sich reden«, stotterte Karl Maria, und konnte es kaum glauben, daß sich ein Silberstreifen am Rande der schwarzen Wolken seines Hundelebens sehen lassen sollte.

»Wir können Ihnen doch nicht so einfach Ihren Hund wegnehmen«, sagte der nette junge Mann verlegen.

»Warum nicht«, sagte die unnette Dame, »wenn er ihn los werden will, wie mir scheint?«

»Davon kann gar nicht die Rede sein«, fiel Karl Maria so schnell ein als er nur konnte, »wir zu Hause sind alle Idealisten, gnädige

Frau. Der Hund hat uns schon so viel Glück gebracht, am ersten Tag gleich die 5000 Mark von der Klassenlotterie ...«

»Durch die Füße des Geldbriefträgers«, ergänzte Netti sanft.

»Ganz richtig«, lächelte Karl Maria bittersüß, »mitten durch die Füße hat er uns so viel Glück gebracht, daß wir nun auch anderen etwas davon gönnen.«

»Das verstehe ich jetzt wieder nicht«, sagte Netti, »Sie müßten an dem Tier doch gerade ganz besonders hängen?«

»Na und wie«, zitterte Karl Maria, »nur haben wir fünf davon, und müssen, ob uns auch das Herz bricht, noch drei weggeben. Natürlich nur in ganz gute Hände, Sie verstehen, gnädige Frau, nur an Leute, die ein goldenes Herz haben, gnädige Frau.«

»Bei mir hätte er den Himmel auf Erden, nicht wahr, Paulchen«, sagte Netti und warf Paul einen Blick zu, dem es leid tat, daß er nicht töten konnte.

»*Du* sagst es, Nettichen«, sagte der nette junge Mann.

So schnell wie Karl Maria ihm die Leine in die Hand drückte an der Schweinchen hing, jede Bezahlung vergaß, mit tränenerstickter Stimme hauchte: »Machen wir den Abschied kurz«, und auch schon hinter der Hecke verschwunden war, so schnell kann man das gar nicht erzählen.

Den Krach allerdings, den es zu Hause gab, als die Damen vom Lande zurückkamen und Schweinchen nicht vorfanden, der läßt sich weder langsam noch schnell schildern. Aber, wie alles im Leben ein Ende hat, so auch dies.

Eines Abends nämlich läutete es Sturm an der Wohnungstür. Karl Maria ging öffnen, und draußen stand der nette junge Mann aus dem Park, Paulchen!

»Ich bringe Ihnen Ihren Hund zurück«, sagte er, und zerrte den Widerstrebenden an der Leine.

»Um Gottes willen«, stieß Karl Maria hervor und wollte die Tür zuschlagen. Doch der nette junge Mann hatte in weiser Voraussicht seinen Fuß über die Schwelle gestellt, und im weiteren Verlauf war er bemüht, den zu Tode Betroffenen nicht zu Wort kommen zu lassen, obwohl dieser sowieso sprachlos war.

»Ich möchte mich herzlich bedanken, mein Herr«, sagte er fröhlich und war so gesprächig wie Karl Maria es nie vermutet hätte, »Ihr Hund hat mir das größte Glück meines Lebens gebracht! Sie erinnern sich noch an meine Braut, das grausliche lange Elend mit mir auf der Bank im Park? Nun, sie hatte einen Vogel. Nein, nicht wie Sie denken, einen richtigen hatte sie auch, einen Kanarienvogel, den sie, wie sie sagte, über alles liebte, obwohl die gar nicht weiß was lieben ist. Sie versorgte ihren über alles Geliebten ja auch nie selber, das mußte ich immer tun, oder das Mädchen. Das Kind das sie hat, liebt sie auch über alles, den ganzen Tag außer Haus, weil sie ihr Leben leben will. Also, sie liebte den Vogel über alles und deshalb durfte er frei im Zimmer herumfliegen und alles voll ..., Sie verstehen mich? Na, und als Ihr Hund ihn endlich entdeckte, – sehr gescheit ist er ja nicht, Ihr Hund –, da hat er den Vogel ..., Sie verstehen mich. Da fiel meine Braut erst in Ohnmacht, dann in Krämpfe von denen Sie sich keinen Begriff machen, und hat mir einen Krach hingelegt, den Ihnen selbst ihre kühnsten Träume nicht vorgaukeln könnten! Und da löste sie unsere Verlobung, und das war das größte Glück meines Lebens. Denn kurz davor hatte sich auch noch herausgestellt, daß sie um sechs Jahr älter war als ich, und nicht nur um zwei, wie sie sagte, und daß die »lange Tippse« wie mein Vater sie nannte, die Mitgift und das Haus gar nicht hatte die sie zu haben vorgegeben hat, und die ja das Einzige an ihr waren ... Sie verstehen mich, Geld macht sinnlich! Es wäre also ein Reinfall von unberechenbaren Ausmaßen geworden, und, wie gesagt, Ihr Hund hat mir das größte Glück meines Lebens gebracht, und ich danke Ihnen aus ganzem Herzen, und bringe Ihnen Schweinchen wieder. Den Namen, übrigens, haben sie ganz treffend gewählt. Und weil auch ich ein Idealist bin, Sie verstehen mich, gönne ich einem andern jetzt auch so ein Glück, genau wie Sie es machten, mein Herr, leben Sie wohl!«

Er drückte Karl Maria die Leine in die Hand an der Schweinchen hing, und war so schnell verschwunden, daß man es gar nicht erzählen kann.

»Moment«, rief Karl Maria dem Fliehenden nach, »woher wußten Sie denn meine Adresse?«

»Von einem alten Hummer bei Rollenhagen«, hallte es aus dem Stiegenhaus.

Mein Mann, der Veterinär

Seit der ›Toten Tante‹ (1925), in der mein Mann als Professor Traugott Hermann Nägler 12 Kinder hatte, von denen ich das älteste war, und später, nachdem daraus ›Das Haus in Montevideo‹ geworden war, wo ich dann die Mutter der Zwölf wurde, waren wir für unser Ensemble, unsere Hausangestellten, für alle Welt, nur noch »Vati und Mutti« und als der ›Dr. med. Hiob Prätorius‹ herauskam, war mein Mann der »Herr Doktor«, und einmal ist er sogar zum Tierarzt avanciert, und hat sich auch dieses Titels würdig erwiesen.

Zu unseren Nachbarn in Van Nuys, im Valley nächst Hollywood wo wir unsere Hühnerfarm betrieben, zählten Mr. und Mrs. Folgers. Ihr kleines Haus lag drei bis vier Minuten Autofahrt von unserem entfernt. Wir kannten sie nur vom Namen her, und einem gelegentlichen »hallo neighbour«, das sie uns zuriefen wenn wir vorbeifuhren. Das war etwas Beglückendes. Es gab uns das Gefühl, daß sie uns mitzählten, und daß Hilfe nötigenfalls nahe war. Die Bereitwilligkeit zu helfen, liegt dem Amerikaner im Blut, aus der Zeit, da er selber als Einwanderer ins Land kam und Hilfe brauchte.

Nachbarn in den Villenvierteln Europas sehen einander zwar in die Fenster, aber sie kennen sich nur vom »Wegschauen«, manchmal auch näher, aus Verleumdungen, die Zugehfrauen und dergleichen als Gesprächsstoff mit sich führen.

In unseren neuen Hochhäusern, wo wir Tür an Tür mit dem Nächsten leben, hält der eine sich vom andern so weltenweit fern und fremd, daß er um sich herum jene Leere des Raumes schafft, in der zwei Sterne sich nie begegnen können auf ihren rasenden Flügen. Und wie ihr Sog alle Kraft in die ungewisse Unendlichkeit mit sich nimmt, so zieht die beklemmende Leere in der wir leben, unsere Gefühle in sichere Unwiederbringlichkeit, bis wir, erkaltet wie ein verglühter Himmelskörper im Dunkel hängen bleiben. Spätere Generationen werden staunend vermuten, daß in uns einmal Wärme, Leben, ja Liebe gewesen sein müßten.

»Kann Herby euch holen«, fragte eines Tages eine aufgeregte Frau am Telephon, »wir brauchen ganz schnell einen guten Arzt«, und ehe ich etwas Näheres erfahren konnte, sagte die Stimme mit letzter Kraft: »Herby ist schon unterwegs, Välöry! Ich danke dir!«

Und wirklich fuhr Herby Folgers auch schon vor, und lud uns auf. Pausenlos sprach er auf der kurzen Fahrt und gab uns keine Gelegenheit zu irgendeiner Frage:

»Ohne jeden Anlaß, Cört, setzten die Wehen gestern aus, und stellen sich nicht wieder ein. Meine Frau, das arme Ding, hat schon genug Pech gehabt in diesem Jahr, und hat da mehr durchgemacht als in ihrem ganzen Leben. Unser schönstes Pferd ist ihr eingegangen durch Koliken, in der Aufregung hat sich die Schwägerin die Hüfte gebrochen und mußte genagelt werden, und dadurch, nur dadurch, hat die Großmutter vorzeitig der Schlag getroffen. Und jetzt noch das! Das hält der stärkste Mann nicht aus. Bitte, Cört, sieh zu, was du für die arme Nelly tun kannst.« Daß gerade mein Mann in dieser Notlage gerufen wurde, daß ausgerechnet er in dem Rufe stand Arzt und Geburtshelfer zu sein, hätte hier zu Hause irgendwie mit seinem Stück ›Dr. med. Hiob Prätorius‹ zusammenhängen können. Aber drüben, in Californien war es schleierhaft.

»Es hat sich rumgesprochen«, sagte Mr. Folgers später einmal, »daß die Eier euerer *Swiss Farm* zwei Dotter haben.«

Daher also wehte der Wind! Und es stimmte sogar, wenn auch nicht alle unsere Hühner so begabt waren, und die Begabten ihr Talent auch nicht jeden Tag an den Tag und ein Ei mit zwei Dottern legten! Daß sie es überhaupt taten, war auf ein Geheimnis zurückzuführen, das Mr. Purdy, der alte Cowboy der meinem Mann geholfen hatte, die Hühnerfarm anzulegen, uns verriet. Aber wir mußten ihm versprechen, es niemand im Valley weiterzusagen. Zu Hause, in der Schweiz, könnten wir's damit halten wie wir wollten, sagte Mr. Purdy, aber jetzt und hier, meinte er, wäre sowieso genügend Konkurrenz zu verkraften, und weil er es mal übernommen hätte uns zu richtigen Farmern zu machen, müßte er auch dafür sorgen, daß wir Erfolg hätten.

Er lud sich für einen Abend bei uns ein, und brachte eine schöne Flasche Wein mit. »A beautiful bottle of vine«, wie er sagte, und er konnte auch sagen, »eine schöne Flasche Wein«. Denn »gut« könnte eine Zunge die in Europa gewachsen ist, ein californisches Wachstum nicht nennen. Das kann nur eine amerikanische, über die nie ein Neuchâteler, ein Burgunder, oder ein Cannstatter Zuckerle gelaufen ist.

Mr. Purdy verstand es, einen auf die Folter zu spannen. Das versteht übrigens jeder alte Amerikaner, denn auch das liegt ihm aus der Pionierzeit und aus den Bürgerkriegen im Blut, wo jeder nur genau das wert war, was er ertragen konnte. Es war ein Sport und gehörte zum guten Ton, dem Mann am Marterpfahl zuzusehen: »See how he can take it!«

Mr. Purdy hatte uns schon lang den Mund wässerig gemacht auf sein Geheimnis. An diesem Abend aber wollte er uns endlich verraten, was die Legetüchtigkeit des Huhnes so zu steigern vermöchte, daß das Ei dann einen Doppeldotter hat. Er kam immer wieder darauf zu sprechen, aber im Moment unserer höchsten Spannung lenkte er jedesmal geschickt wieder ab vom Thema, und seine himmelblauen Augen funkelten lustig vor Schadenfreude über unsere Enttäuschung, die wir nicht verbergen konnten. Erst knapp bevor er nach Hause zu gehen gedachte, zog er ein altes Notizbüchlein umständlich aus seiner rechten hinteren Cowboyhosentasche, die so dicht unterm Gürtel und so anliegend saß, daß er dazu aufstehen mußte, und es dann noch allerhand Verrenkungen bedurfte um etwas aus ihr herauszuholen, was aber dann auch nicht um ein Blatt dicker hätte sein dürfen, als dieses zweimillimeterdünne Notizbüchlein.

»Sehen Sie, Mr. und Mrs. Goetz«, sagte er, »das ist die Handschrift meines seligen Vaters, der aus allem was er besaß alles herausholte was drin war! Aus seiner Frau, aus uns Kindern, aus seinen Pferden, Rindern und Ziegen, und deshalb auch aus seinen Hühnern. Hier, lesen Sie selbst!

Die Kuhmilch hat einen Käsegehalt von 3 bis 4,
die Ziegenmilch hat 5.
Die Kuhmilch hat einen Fettgehalt von 3 bis 4,
die Ziegenmilch hat $4^1/_2$.
Die Kuhmilch hat einen Zuckergehalt von 3,
die Ziegenmilch hat 4.

Und so stellte mein Vater Ziegenmilch in den Hühnerstall. In dieser modernen Anlage die Sie haben, Mr. und Mrs. Goetz, machen Sie das natürlich anders. Kurz bevor Sie das Futter in die Tröge teilen, mischen Sie es leicht mit der Ziegenmilch. Sie ist teuer, wie alles bei uns, das aus der Reihe tanzt, nicht im Großen verbraucht wird und deshalb extra Arbeitsstunden verlangt. Aber es macht sich bezahlt, wenn Sie Ihren Hühnern Ziegenmilch anbieten.«

Mein Mann beschloß gleich selber eine Ziege zu halten. Das Melken hatte er als Bub einmal in einer Sommerfrische gelernt, wo er mit Mütterchens Klinikskköchin hingeschickt wurde, weil er den ganzen Winter über so blaß gewesen war. Mütterchen konnte sich keine Ferien gönnen, und mußte ganz im Gegenteil obendrein die beurlaubte Köchin ersetzen.

Ich weiß sogar, wo mein Mann damals im Sommer war, in einem fast unaussprechlichen Ort, Werbelin-Delitzsch, bei der Familie

Dreher. Denn nach 55 Jahren – es war zu der Zeit als unser ›Prätorius‹-Film durch Deutschland lief – da kam ein Brief aus diesem sächsischen Dorf unweit Halle. Er war sorgfältig kaligraphiert und fehlerlos, aber da man ihn nur sächsisch ganz genießen kann, versuche ich ihn niederzuschreiben, so, wie mein Mann ihn mir seinerzeit vorgelesen hat:

> Sehr geschätzter Herr Curt Goetz!
> Mir ham noch nie ein'n scheenern Film gesähn, als Ihrn ›Frauenarzt Doktor Prätorius‹. Sie mißten dafier eichntlich den Nobelpreis bekomm'n fier Nächstnliebe, was wohl das schwärste Fach gewordn ist in unserer arm'n Welt. Aber mir mechtn auch gärn wissn: Sind Sie der kleene mickrige Junge, der bei uns in den Färchen war, und meine Milch immer nich nähm'n wollde? Es war 1896 und handelte sich um meine Ziechnmilch nadierlich. Wenn »chja«, würtn mer uns sähr freuen.
>
> Hochachtungsvoll
> Baula Dräher und Familche

Wir studierten unser lokales Blättchen, ›The little green Sheet‹, fanden eine passende Anzeige, fuhren schnell zur angegebenen Stelle, kauften die Ziege und nannten sie *Browny*.

Browny war braun, im Gegensatz zu ihrem Spielgefährten Whity, einem unserer vier englischen Setter. Es hätte auch umgekehrt sein können, daß unsere Ziege weiß gewesen wäre, denn es gab auch weiße Ziegen im Valley bei Hollywood, und unser Setter hätte braun, ein irischer sein können. Aber Whity war ein englischer, weißer Setter mit schwarzen Tupfen und Browny war eine braune Ziege.

Mit sichtbarem Genuß ließ sie sich von ihrem neuen Herrn melken. Wahrscheinlich machte dieser es so zart und richtig, wie er eben alles machte, und Browny leckte ihn dafür über den Nacken und hinters Ohr, welche Zärtlichkeit *dieser* »Ziege«, er wiederum sehr zu genießen schien. Nicht aber ihre Milch. Immer noch nicht. Und ich auch nicht. So diente sie voll und ganz dem vorbestimmten Zweck im Hühnerfutter, was die Doppeldottereier zeitigte, und meinen Mann in den Ruf einer Art Wunder-Tier-Doktor gebracht hatte.

Mr. Folgers, das heißt, Herby – wir mußten Herby und Nelly sagen, weil sie uns Cört und Välöry nannten – setzte uns eiligst ab, schob uns in seinen Stall, und lief den Wagen auf den Hof zu fahren.

Mrs. Folgers war in einem bedauernswerten Zustand. Am Halse ihrer Kuh hängend, wimmerte sie ihr tränenerstickte Laute ins Ohr. Als sie uns eintreten sah, ließ sie ab vom Halse der Kuh, um meinem Mann an seinen zu sinken. Ihre Nerven, das konnte man sagen, schleiften am Boden.

Dann kam Herby.

»Cört«, sagte er, »nun sieh dir nur das Elend an! Kannst du mir erklären, warum das Biest nicht niederkommen will?«

Verwirrt ob der unzarten Rede, und überrascht, da Nellys Umfang unverändert, schon unter normalen, und nicht anderen, Umständen mathematisch kaum zu errechnen war, setzte mein Mann sie vorsichtig auf zwei umgestülpte Milchkannen. »Um Gottes willen, Freunde, ich bin kein Arzt«, stammelte er erschrocken, »aber ich rufe, wenn ihr wollt, meinen Doktor Bärlocher an, einen Landsmann aus Basel, einen hervorragenden Gynäkologen.«

»Das braucht meine Nelly nicht«, schluchzte Nelly und sprang auf, ging zu Nelly, zog sie aus ihrer Box, stellte sich dicht vor sie hin, und es sah aus, als wollte sie sie mit ihren kreisrunden Kalbsaugen, die in der Aufregung nun noch heraustraten wie die eines erschreckten Frosches, hypnotisieren. Das schien auch der Kuh nicht zu gefallen. Sie drehte den Kopf weit weg und sah uns eindringlicher an, als Kühe einen anzusehen pflegen, und da kombinierte mein Mann wieder einmal ganz richtig:

Die Frau macht mich nervös, dachte er, dem Tier wird es nicht anders gehen. Eine gebärende Mutter braucht Ruhe um sich, da sie genug Unruhiges in sich hat, das in diesem Falle außerdem lange schon ans Licht der Welt will.

»Wie wär's zur Abwechslung, mit einer kleinen Pause«, fragte er, führte die eine Nelly schön in ihre Box zurück, nahm die andere am Arm und schob sie aus dem Stall.

»Okeh, Okeh«, weinte die Ärmste, »ich geh ja schon! Aber ich versteh wirklich nicht, warum ich nicht bei meiner Nelly bleiben soll in ihrer schweren Stunde?«

Erbarmungslos zog mein Mann die Stalltür hinter ihr zu und legte den Riegel vor.

»Ich glaube, Herby, ich kann dir sagen, was Nelly am Kalben hinderte«, flüsterte er. »Wenn sie sich umguckte und in die großen runden Augen Nellys sah, nahm sie an, ihr Kalb wäre schon da.«

Nach einer guten Stunde Ruhe im Stall, half mein Mann dem Neugeborenen bei seinen ersten rührenden Stehversuchen, und sein Ruf als »Veterinär« stieg wolkenkratzerhoch in unserm Tal bei Hollywood.

Auf der Fahrt nach Hollywood

Da mich die letzte Geschichte nach Hollywood brachte, möchte ich erzählen, wie wir dahin kamen.

Es war im Frühling 1939. Zu dieser Zeit war es sogar meinem Mann, dem unverbesserlichen Optimisten klar geworden, daß der Spuk, der 1933 begonnen hatte, nicht von der Art sei, der über Nacht verfliegt, so wie er einmal über Nacht gekommen war, sondern daß diese Suppe ausgelöffelt würde, heißer, als selbst finsterste Schwarzseher es vermuten konnten. Mit einem Wort, daß ein Krieg mit Deutschland unvermeidlich war. So beschlossen wir die Zeit zu nutzen und uns die Welt anzusehen.

Wir reisten über Paris nach Le Havre, dann per Schiff nach New York, kauften uns da einen Wagen, und nun ging es gen Westen nach Californien, in der Absicht uns an Mexico vorbei durch den Panamakanal schleusen zu lassen, Rio de Janeiro zu erreichen, und dann ostwärts zu Schiffe über Kapstadt nach Indien, China und Japan zu fahren. Aber leider nahm unser stolzer Plan bereits in Hollywood sein Ende, und der Krieg, der dann im Herbst ausbrach und so entsetzlich lange währte, zerstörte ihn für immer. Doch es hatte sein Gutes daß wir bleiben mußten wo wir waren, denn wir lernten Amerika wirklich kennen.

Auf unserer Fahrt von New York nach dem Westen war es, daß wir wieder einmal in einem der unzähligen »drug-stores« einkehren mußten, und dabei einen Mr. McCormik kennenlernten, und zwar auf die Art, die mein Mann in seine ›Tote von Beverly Hills‹ so lustig eingewoben hat. Unsere Situation ist da so wahrheitsgetreu und so beneidenswert kurz geschildert, daß ich mir ein Herz fasse, und sie hier einfach zitiere:

> In diesem Augenblick erschraken wir durch einen Krach. Ein Cowboy hatte einem Spielautomaten, bei dem er seit dreißig Minuten vergeblich sein Glück versucht hatte, einen Tritt versetzt, von dem dieser sich, soweit ich von technischen Dingen etwas verstehe, nie erholen konnte. Dann trat er – um besser zielen zu können – einen Schritt zurück und versetzte ihm noch einen. Hierauf ging er zur Theke und sah dem erstaunten Wirt stumm ins Gesicht, ob dieser gegen sein Verhalten vielleicht etwas einzuwenden habe? Und da dieser nichts einzuwenden zu haben schien, richtete er seinen Blick auf uns, ob etwa einem von uns irgend et-

was an ihm nicht gefiele? Und da er auch in unseren Gesichtern nichts lesen konnte, was diesem Argwohn Nahrung gegeben hätte, schob er den Hut ins Genick, spuckte aus und verließ das Lokal.

Genau so war es gewesen, und als der Mann die Tür krachend hinter sich ins Schloß warf, wie man es hierzulande niemals bewerkstelligen könnte – auch das muß geübt sein –, erwachte ich aus meiner Todesangst, verkrampft in meinen Mann, und war so dicht an ihn geschmiegt, wie das öffentlich nur einem Hochzeitspaar erlaubt war. Damals!

Ein alter Cowboy an der Theke lachte mich deshalb unverhohlen an. Wenigstens glaubte ich, daß er es tat. Aber es stimmte nicht. Denn als ich wagte zu meinem Mann hinaufzuschauen, den ich in einer ähnlichen Art größerer Bestürzung wähnte, sah ich, daß die beiden Männer einander angrinsten.

Der alte Cowboy an der Theke war so unendlich lang, daß er, wenn er von seinem hohen Barhocker aufstand, größer wurde. Gewohnt sich bücken zu müssen, schlittschuhte er etwas geduckt auf uns zu, setzte sich auf die Kante unseres Tisches, und sagte, vertraulich zu meinem Mann gebeugt, und mit einem Blick voll Mitleid für mich:

»Where does she come from?«

Mein Mann guckte mich hilfesuchend an. Begreiflich. Nach zwei Wochen Amerika kann man die Eingeborenen nicht verstehen, und schon gar nicht einen, den es nicht stört die Pfeife beim Sprechen im Mund zu behalten, welcher durch diese Angewohnheit windschief im Gesicht sitzt und allerhöchstens nur zur Hälfte mitsprechen kann. Auch dann nicht, wenn man zu Hause Englisch gelernt hätte, und Oscar Wilde schon fließend hätte lesen können, was bei uns aber nicht einmal der Fall war.

Nun lächelte ich den Alten an, und sagte ihm das, was ich bisher immer gesagt hatte wenn jemand uns ansprach, was auch als Antwort auf jede Frage paßte, und das einzige war, das ich fließend, ohne Wörterbuch, und mit entspannter Miene sagen konnte:

»We are from Switzerland, please.«

»Oh«, antwortete er mit so großem Erstaunen, daß er dabei sogar die Pfeife aus dem Munde nahm, und mit ihr auf meinen Mann zeigend sagte:

»I was pretty sure, he was American.«

Das war viel zu viel Englisch auf einmal für uns beide, und da mischte sich der Wirt, der das Gott sei Dank bemerkte ein:

»Ich mechte ich Ihnen den Dolmetscher machen, wenn Sie gestatten«, sagte er im geliebten, nun lang entbehrten Idiom unserer Tonitschku, der unvergleichlichen Köchin aus Böhmen, unterhielt sich dann auf Ameriböhmisch, was sogar auch wir beurteilen konnten, eine ganze Weile mit seinem Gast auf unserer Tischkante, fragte uns dazwischen einmal nach unserem Namen und übersetzte dann:

»Er sagt, er hätte seine Pfeife verwetten kennen, daß Sie, Herr Getz, ein Amerikaner sind.«

»Wieso das?« fragten wir.

»Aus der Art und Weise, wie Sie da vorhin auf den Wilden reagiert haben, sagt er. Und da muß ich sagen, er hat recht. Jeder Fremde bekommt doch da Angst. Ich also zum Beispiel, bin schon seit zwelf Jahren da, und immer noch trau ich mich nicht zu rihren, wenn so ein Echter mit seinen Pistolen im Girtel hereinkommt. Na, wer kann wissen? Kann ich wissen? Man kann doch nie wissen! Vor fimpfzig Jahren haben die hier doch noch Menschen gekocht und gegessen! Und Ihre kleine Frau zum Beispiel ist doch ganz leichenblaß gewesen. Aber Sie, Herr Getz, haben freindlich, sagt er, und sogar mit Bewunderung, sagt er, dem Cowboy zuschauen kennen. Dann hat er wissen wollen, wie Sie heißen, und jetzt mechte er wissen wohin Sie fahren, und ob er Ihnen helfen kennte.«

Das ist Amerika!

»Can I help you«, sind die meist gebrauchten Worte des echten Amerikaners. Ganz im Gegensatz zu den unechten. Nicht daß diese ungefällig wären, sondern sie wollen »amerikanisch sein«. In dem dringenden Wunsch ihr Europäertum abzustreifen und als Amerikaner zu gelten, richten sie sich ängstlich nach deren Slogans, die sie aber leider falsch interpretieren.

»None of my business«, heißt für den Amerikaner: »Misch dich nicht in fremde Geschäfte, wenn du dazu nicht aufgefordert bist«. Der Europäer drüben deutet es anders: »Rühr keinen Finger, wenn es kein Geschäft für dich ist.« Wenn der Amerikaner fragt: »Can I help you«, greift er auch schon zu, noch ehe man antworten kann. Während der Europäer so lange fragt ob er vielleicht irgendwie helfen könnte, und Ratschläge gibt, bis die Arbeit getan ist, sich inzwischen aber ausgerechnet hat, daß für ihn dabei nichts herausschaut und sich deshalb sagt: Das ist »none of my business«; und außerdem hat er keine Zeit, denn *seine* »time« ist ja »money«.

»Can I help them«, ließ der alte Cowboy uns fragen, entschloß sich auf der Stelle, so wie er auf unserer Tischkante saß, uns zu begleiten, weil diese Fahrt durch den Wilden Westen gar nicht so ungefährlich sein könnte, und ließ seiner Frau dies durch den Wirt bestellen, da sie abends sowieso kommen würde, ihren Cocktail bei ihm zu nehmen.

Und wir hatten Glück, denn dieser Cowboy, Mr. McCormik, hat uns nicht um die Ecke, sondern unversehrt nach Hollywood gebracht, einem Distrikt von Los Angeles, dieser Siedlung von gigantischem Ausmaß, die man aber trotzdem keine Stadt nennen kann. Nirgendwo hat sie ein eigenes Gepräge, einen Blickfang. Keine ihrer Straßen war je geplant, sie ergaben sich, krumm, gerade, breiter, schmaler, man kann sie nicht ernst nehmen. Jedes Haus das sie einsäumt scheint zerlegbar, und fällt in Kürze sowieso auseinander. Nur für heute steht es da, morgen wird es vielleicht abgebrochen oder abtransportiert, und steht dann eben wo anders – vielleicht.

Mr. McCormik

Mr. McCormik war zwar nicht der erste Amerikaner den wir näher kennenlernten, aber der erste Cowboy mit dem wir uns anfreundeten. Trotz der fünf Jahrzehnte in denen er diesen Beruf nicht mehr ausübte, sah es immer noch so aus, als könnte er nichts anderes sein. Wenn er einem entgegenkam in seinem langsamen Schlurf, dann stimmte etwas nicht. Man konnte beileibe nicht behaupten, daß Mr. McCormik gehbehindert sei, aber das Gehen war ihm unbequem, es lag ihm nicht. Seine Beine waren geschaffen untätig um den Leib eines noch wilden Mustangs zu baumeln, bis zur Erde hinunter, so daß er sie allenfalls als Bremse hätte benutzen können. Schritte mußten ihnen erst befohlen werden, und den Befehl führten sie nur ungern und zu spät aus, so daß Mr. McCormik immer schon etwas weiter war als sie, und nur im allerletzten Moment hinderten diese immerhin zu ihm gehörigen Gehwerkzeuge den Mann vornüber zu kippen und auf die Nase zu fallen. Aber nahe dran war Mr. McCormik bei jedem Schritt.

Wie ich eben erzählte, war er es, der uns heil nach Hollywood brachte, und in den Monaten die er uns danach noch schenkte, ehe er zu seiner Frau zurückfuhr nach New Mexico, wo wir ihn uns in dem kleinen »drug-store« auf der Straße zwischen Albuquerque und Los Lunas angelacht hatten, haben wir eine Menge englischer Worte und viel über die Mentalität und den Charakter der Amerikaner gelernt.

Hilfsbereit, großzügig, anspruchslos, uneitel und ohne Argwohn ist der Amerikaner, ein Weltbürger wie er sein soll. Er hilft gern und jedem, woher er kommen mag; und was immer er sei, betrachtet er ihn als Bruder, der Hilfe braucht, so wie er selber sie nötig hatte, er oder ein Vorfahre, als damit angefangen werden mußte, sich erst einmal ein Stück Land urbar zu machen. Daran erinnert er sich gern und läßt sich auch von andern gern daran erinnern. Der sich vom Amerikaner wesentlich unterscheidende Hollywooder hingegen, den wir bald kennenlernten, will keinen kennen der ihn kannte als er zu Hause Zwergpinscher war, weil er hier den Bernhardinerabkömmling spielt.

Auf dieser ganzen langen Fahrt war ich es, die sich mit Mr. McCormik unterhalten mußte, weshalb ich unseren kleinen Langenscheidt aus den Koffern holte. Mein Mann fuhr, und es machte ihn nervös, daß Mr. McCormik unseren Namen den er eben erst vom Wirt gehört hatte, so geläufig benutzte, als kenne er ihn seit je, während mein Mann sich den Mr. McCormiks nicht merken konnte.

»Mutti bitte erfinde etwas«, sagte er leise zu mir – als ob unser Fahrgast nach der halben Stunde der Bekanntschaft vielleicht auch schon Deutsch hätte verstehen können – »wodurch ich mir diesen gottverdammten, amerikanischen Namen merken kann. Mir fällt nichts ein, woran er mich erinnern könnte.«

»Denk zu Anfang an den Schneider von Wilhelm Busch«, sagte ich, »dem sieht er sogar ähnlich, hager wie er ist, und wie er sein nadelspitzes Kinn vorstreckt:

He, heraus, Du Ziegenböck,
Schneider, Schneider, meck, meck, meck!«

»Nicht schlecht«, flüsterte mein Mann, »und weiter?«

»Weiter, komisch«, sagte ich, ihm zu Gefallen ebenfalls im Flüsterton, »komisch ist er doch auch. *Mister Meck Komisch.*«

»Na, Schätzchen, dazu müßte man aber *außergewöhnlich* großzügig sein«, sagte er, obwohl ihm das sogar *sehr* gut gefiel.

»Wieso großzügig?« fragte ich nun mit Oberwasser.

»Wieso, wieso? Wie kommt das k am Schluß von Cormik zu dem sch am Ende von komisch? Und wo bleibt das r?«

»Das müssen wir hier sowieso vergessen, denn das gibt es im Englischen nicht.«

Mein Mann behauptete später, daß wir gerade an dem Namen McCormik die englische Sprache richtig erfaßten, und daß wir unser Englisch – es war sehr lange *unser* Englisch – überhaupt nur diesem alten Cowboy verdankten.

Mr. McCormik stammte aus einem kleinen Ort in Arizona, dessen Namen er oft erwähnte, ihn aber so aussprach, daß wir nicht einmal hätten ahnen können, wie er sich schrieb; auch sind Eigennamen in Wörterbüchern nicht zu finden, selbst dann nicht, wenn man sie buchstabieren kann. Der Name täte hier auch nichts zur Sache, weil von den tausend und abertausend kleinen Ortschaften in USA eine genau so ist wie die andere. Buchstäblich aufs Haar gleichen sie einander, und wie in einem Alptraum kommt man nach meilenweiter Fahrt jeden Abend immer wieder am selben Ort an. Denn da ist eben die Hauptstraße auf der man ihn durchfährt, flankiert vom Kino, von weitem als erstes erkennbar durch seine schreienden Plakate, denen es immer wieder gelingt die andern, mit denen das ganze weite Land überklebt, verkleistert und überflutet ist, zu schlagen. Dann folgt der »drug-store« mit der überladenen Aufmachung seiner

Schaufenster, von New York bis New Orleans genormt, daneben das »motel« mit bunten Schirmen um den heizbaren »swimming-pool«, dann der »market«, die chemische Reinigung, die beiden Telegraphengeschäfte in Privatbesitz, die sich gegenüberliegend Konkurrenz machen müssen, genau wie die verschiedenen Tankstellen, die mit noch niedereren Preisen oder zusätzlichen Geschenken einander unter- und überbieten.

Und da ist auch der Barbier! Der einzige übrigens, der es nicht nötig hat, auch nur seinen blinkenden Seifenteller auszuhängen, weil die Herrn Kunden im Schaufenster liegen, und mit ihren eingeseiften Gesichtern Reklame genug machen.

Aus so einem dieser 100 000 kleinen, einander gleichenden Flekken stammte Mr. McCormik, und war ungemein stolz darauf, daß an dem Platz auf dem seine Wiege gestanden, früher einmal Gold gefunden worden war, wie an manchem Ort des »goldenen« Westens. Mr. McCormik erzählte gern von Begebenheiten die sich dort um des gleißenden Schatzes willen zugetragen haben sollen, von grausamen, grausamsten wußte er zu sagen, fast so grausigen, wie sie sich heute um des Geldes willen in vornehmen Büros, Salons, und – ich kann es kaum hinschreiben und natürlich auch nicht glauben – beim Film und auch schon beim Fernsehen abspielen sollen.

Aber auch lustige Geschichten ereigneten sich, und besonders eine von diesen, die Mr. McCormik uns erzählte, ist mir unvergeßlich. Es ist die Geschichte von der Gründung des Friedhofs, des Totenakkers, in seinem Geburtsort, die damit Schule gemacht haben soll weit in das Land hinaus, weshalb unser alter Cowboy doppelt stolz war auf den kleinen Flecken in Arizona, dem er entstammte.

Ein Goldgräber in ziemlich vorgerückten Jahren, ein immer fröhlicher und gefälliger Kumpan, lag in einer einfachen rohen Holzkiste neben der Grube, bereit, sich bestatten zu lassen. Denn als ihm eines Tages der Boden unter den Füßen zu hart geworden war, die Sonne ihm zu heiß auf den Kopf zu brennen schien, der Weg zur Schürfe ihm zu weit und die Spitzhacke zu schwer vorkam, und auch der kleine Spiegel im Verschlag in dem er hauste ihm sein Bild verschwommen und unähnlich dem gewohnten zeigte, gab er das Goldsuchen auf, zog sich still zurück, und zimmerte sich seine Holzkiste, um den Kameraden die zusätzliche aber unumgängliche Arbeit zu ersparen. Und dann lag er eines Morgens in ihr, mit friedlichem und freundlichem Gesicht, so wie es jeder kannte. Nur sehr klein war es geworden, und der ganze Mann mitsamt seiner Kiste wog kaum noch 80 Pfund, gerade recht, es den Kollegen leicht zu machen.

Irgendwo weiter weg von der Siedlung mußte er beigesetzt werden. Hätte er Verwandte gehabt, würden diese ihn auf ihrem eigenen Grund und Boden zur Ruhe gebettet haben, denn das gehörte sich so, und jeder Familienvater besaß eigenen Grund und Boden. Den hatte er dadurch erworben, daß er als Erster erklärte, daß dieses Stück Land ihm gehöre, und es dann eintragen ließ in das Buch des Sheriffs. Die Formel war festgelegt und lautete ungefähr so:

»Ich (es folgte der Name) beanspruche soundsoviel hundert Fuß nach Nord und Süd, soundsoviel hundert nach Ost und West als mein Eigentum, und habe somit das Recht, jeden der die Grenzen meines Besitzes nicht beachtet, als Dieb anzusehen, und danach mit ihm zu verfahren.«

Das war ein Brauch unter vielen wie sie damals erforderlich waren, denn wenn der Schlag einer Spitzhacke eine Goldader bloßlegte, galt es die andern Schürfer auf der Stelle von der Stelle zu schaffen noch ehe sie den Fund bemerken konnten. Dazu brauchte es Geistesgegenwart und Mut, denn da stand einer gegen viele. Es brauchte eine starke Stimme, die weithin vernehmbar war und Eindruck machte. Oft auch bedurfte es eines starken Arms, und einer sicheren Hand und eines scharfen Auges zu einem noch schärfer geladenen Colt. Mit einem Wort, es brauchte einen Mann, der alles hatte und alles konnte, der alles in einem war, eine Persönlichkeit.

Heute ist es einfacher geworden. Wenn eine Fahne in weicher Landung auf einen Planeten gesetzt wird, können jene die den Umkreis dann für sich beanspruchen, dies gemütlich vom Schreibtisch aus – und auch mit heiserer Stimme die nötigenfalls ein Lautsprecher verstärkt – verkünden, und sind mit denen, die Geistesgegenwart und Mut dran setzten nicht identisch. Heute ist jede Arbeit ein- und aufgeteilt, und man braucht keinen Mann mehr der alles in allem ist, eine Persönlichkeit, und wahrscheinlich deshalb werden heute auch keine mehr gemacht.

Vier Goldgräber – zwei hätten genügt – hatten den Sarg von ihren Schultern gehoben, in die Grube gesenkt und warteten auf den Pfarrer, der inmitten der trauernden Gemeinde angekeucht kam, weil er auf dem langen und heißen Weg Gebete vorgesprochen hatte, wie sich das gehörte. Nun trat er an die Grube, wo der Sarg bereit stand. Sie war nicht allzu tief diese Grube, nur vier Fuß unter die Erde gegraben, denn mehr hätte zu viel Arbeit gekostet in dem steinigen Boden, und Vorschrift gab es dafür keine.

Der Pfarrer sprach den Segen ehe er damit begann die Tugenden und Vorzüge des Verstorbenen zu preisen, wie hilfsbereit er gewesen sei, und immer fröhlich, und daher schon auf Erden Gott nahe. Er vergaß auch nicht zu erwähnen, daß es einer seiner ältesten persönlichen Freunde war, den man hier verlor, und lobte ihn schon deshalb aus vollem Herzen, bis er endlich an den Schluß seiner Rede kam und sagte, daß der Mensch nichts mitbrächte auf diese Welt, und nichts von ihr mitnehmen könne in jene andere unbekannte, ferne, daß aber die Fröhlichkeit und das freundliche Glück, das einer hienieden zu verbreiten bereit war, das Band sei, die beiden zu verbinden, ihn unsterblich mache im Gedächtnis der Menschen und wohlgefällig vor den Augen des Herrn. Er endete schließlich mit dem Üblichen, daß jeder von uns zurückkehren müßte zur Erde aus der er gemacht sei, und kleidete diesen Gedanken in eigene Worte, die er dann bei solcher Gelegenheit dreimal zu wiederholen zu seiner Gepflogenheit gemacht hatte:

»Und so findet Staub wieder zu Staube.«

Wie immer hatte der Pfarrer dabei eine Handvoll von dem kleinen Hügel der aufgeworfenen Erde über den Sarg gestreut, was den Trauernden damals – wie das auch heute noch ist – durch Mark und Bein ging, denn alle senkten die Köpfe tiefer, und ein jeder dachte sichtlich an seine eigene letzte Stunde.

»Und so findet Staub wieder zu Staube« klang es ein zweites Mal. Und wie aus dem Jenseits fast kam es ein drittes Mal von den Lippen des Pfarrers, der ganz bei seinem Freund zu weilen schien, noch einmal nach der Erde langte, sie auf den Sarg regnen ließ, die fallenden Klümpchen mit feuchten Augen verfolgte und so dem lieben Verstorbenen einen letzten Blick schenkte:

»Und so findet Staub wieder zu Staube.«

Und dann geschah etwas höchst Unerwartetes! Der geistliche Herr muß bei seinen frommen Worten dort unten, auf dem Deckel, etwas haben blitzen sehen. Denn mit einem pfeilschnellen Satz, den man dem Beleibten gar nicht zugetraut hätte, war er – um seine Entdeckung zu verdecken – auf den Sarg hinuntergesprungen, und in demselben Atemzug in dem er zum dritten Male seine gewohnte Formel noch andächtig ausgesprochen hatte, fuhr er energisch und mit einer sich zu einem ungeahnten Fortissimo steigernden Stimme fort – dabei noch sichtlich bemüht die Ruhe des Toten unter seinen Füßen nicht zu sehr zu stören – »und ich beanspruche 900 Fuß nach Nord und Süd, 900 nach Ost und West, und jetzt aber: alles *raus* aus meinem Eigentum, oder ich schieße!«

Mehr neugierig als erschrocken – dergleichen war jedem hier ja geläufig – hoben die Leute die Köpfe nur so weit es nötig war, den Boden ringsum nach etwas Blitzendem abzusuchen. Erst der Anblick ihres Seelsorgers, der, eine Pistole in die Höhe gestreckt, aus dem Grabe ragte, fuhr ihnen durch die Glieder, so daß mit manchem schrillen Schrei des Entsetzens, im Augenblick der Platz um den stillen Toten totenstill war.

Der geistliche Herr begrub den Freund tagsdarauf vor seinem kleinen Pfarrhaus im Salatbeet, in Anwesenheit seiner Frau und seiner kleinen Schulklasse, aber mit genau derselben zu Herzen gehenden Rede, in die er noch einen ganz gewaltigen Segen einflocht in den Fund, den er dem Toten verdanke, und die er diesmal liturgischer ausklingen ließ, als tags zuvor.

»Und so findet Staub wieder zu Staube, Amen!« Das war das fromme Ende seines letzten Grußes an den alten Goldgräber, und es war zugleich der Anfang, die Gründung des Totenackers in der kleinen Gemeinde. Denn in diesem Augenblick, so sagte der Herr Pfarrer, sei ihm der gute Gedanke gekommen, die Abgeschiedenen von nun ab, am Pfarrhaus zu begraben, »auf daß«, so gab er an, und so schrieb wörtlich der Sheriff ins Buch, »jede unliebsame Störung der heiligen Handlung und der Stille der Stunde möglichst ausgeschaltet bliebe.«

Auf diesem Friedhof liegen nun alle Vorfahren unseres Mr. McCormik, und da wollte auch er einmal begraben sein.

»Die Überführung, der Platz und die Grabrede, alles ist schon bezahlt, und Sie sind herzlich eingeladen, Mr. und Mrs. Goetz«, sagte er uns zum Abschied. »Ich habe eine wunderbare Frau, müssen Sie wissen, die Sie mit offenen Armen als meine Freunde aufnimmt, und die sicher alles nach meinem Wunsche täte, wenn sie nicht etwas schusselig wäre, meine kleine Betty. Ich kenne sie! Sie wird sich gleich ein schönes Trauerkleid besorgen, wie sich das gehört, es wird ihr reizend stehen, denn sie sieht heute noch sehr gut aus mit ihren 62 Jahren, sie wird es auch alle Bekannten sehen lassen wollen, und überall ein Gläschen auf mein Andenken trinken. Und da könnte es sein, daß sie darüber vergißt, wozu sie sich das schöne Kleid gekauft hat. Aber unsere Beerdigungsinstitute sind da zuverlässiger. Sie werden sie daran erinnern und sie mitnehmen zu meiner Beerdigung, und wenn sie sie festbinden müßten! Ist es nicht wunderbar, unser Amerika, in dem es solche Einrichtungen gibt? So kann ich jetzt schon davon träumen, wie gemütlich sie mich begraben werden in Anwesenheit meiner Frau, im Kreise aller meiner Freunde, wie sie mich behutsam in die Erde senken werden, am Pfarrhaus in meinem Geburtsort in Arizona.«

Longbeach

Longbeach ist ein Badeort unweit von Beverly Hills. Er ist wie alle Badeorte der Westküste. Er hätte uns wohl nie in besonderer Erinnerung bleiben können, wäre uns nicht eine Verordnungstafel der Gemeinde aufgefallen, die an verschiedenen Plätzen angeschlagen war. Mein Mann wollte, daß ich ihm wortgetreu abschreibe und übersetze, was da zu lesen war:

> Niemand soll sich in, auf oder nahe einem Park, Hof, Weg, Platz oder an irgend einer anderen öffentlichen Stelle in der Stadt Longbeach in Liebkosungen, Umarmungen, Zärtlichkeiten, Schmeicheleien oder verliebten Werbungen mit einer oder mehreren Personen des anderen Geschlechts einlassen, und keine Person darf an den genannten Plätzen mit dem Kopf oder irgend einem anderen Körperteil auf irgend einem Körperteil von Personen des anderen Geschlechts sitzen oder liegen.

Ob jemals jemand eine Möglichkeit fand, diese Vorschrift zu umgehen, fragte sich mein Mann?

Wozu in die Ferne schweifen?

Doch wozu in die Ferne schweifen? Im Schwarzwald nahe St. Blasien, stand vor dem Campingplatz einer Gemeinde, die sich stolz »Luftkurort« nennt, ein Schild:

> Es ist auf diesem Campingplatz streng verboten, daß Menschen zweierlei Geschlechts, zum Beispiel Männer und Frauen gemeinschaftlich ein Zelt bewohnen, wenn dieselben nicht verheiratet sind, und zwar miteinander. Der Sinn dieser Verordnung ist, daß andernfalls der Zweck des Urlaubes, nämlich die Erholung, von der Gemeinde nicht garantiert werden kann.

Warum? Die Gemeinde könnte sich dann sogar »Luft- und Lustkurort« nennen, meinte mein Mann.

Die Ortsorientierungstafel

Auch die nächste Tafel wurde von Amts wegen angebracht. Welche Gemeinde es war, hatte mein Mann vergessen – oder vergessen wollen, aber die Zeitungsnotiz über den Fall hat er aufbewahrt:

> Da die bislange Ortsorientierungstafel in unserer Gemeinde dem Neubau des Hauses des Herrn Doktors Balthasar Bläulein und somit auch der Garage Hans Witwerer weichen mußte, entschlossen sich die Verkehrsvereine der umliegenden Gemeinden gemeinsam zu einer Neuanlage der entwichenen Ortsorientierungstafel.
> Nun steht seit dem 1. d. M. nordwärts dem Gemeindebrunnen eine neue Ortsorientierungstafel zur freundlichen Benutzung. Sie ist größer als die alte, und daher übersichtlicher als die frühere, nur leider übersehbarer, weil zu sehr im Hintergrunde. Es ist ein fortschrittlich gutgelungenes Werk der Gemeinden, und wirkt ausgezeichnet an ihrem neuen Standorte. Als einzigen Mangel kann man es bezeichnen, daß der Ort an dem die neue Ortsorientierungstafel steht, so ist, daß man sie nicht finden kann, und sie deshalb der Tourist übersieht. Die Gemeinden welche diese Ortsorientierungstafel erstellen ließen, werden demnächst zusammentreten um zu beraten, ob über 2 bis 3 Hinweistafeln auf die neue Ortsorientierungstafel der Gemeinde zu beraten wäre, womit durch Bewilligung solcher, der einzige Mangel der neuen Ortsorientierungstafel behoben werden könnte.

Oh du mein Österreich!

Diese Geschichte um eine Anschlagtafel aus den Notizen meines Mannes, hat uns ein Förster erzählt, als er uns zu einem neuerrichteten Hochsitz im Österreichischen begleitete: Da die Tollwut ausgebrochen war, ließ der Ortsvorsteher folgenden Anschlag machen:

> Wer einen Hund hat, und läßt ihn frei herumlaufen, wird erschossen!

Darüber wurde in der Wirtschaft diskutiert und gestritten, weil man der Ansicht sein konnte, daß der Mann der den Hund hat, zu erschießen sei. Das war einzusehen, und die Gemeinderäte grübelten über einer Neufassung des Erlasses, als der Ortsvorsteher Ruhe gebot und sagte:

»Jetz hab ich's!«

Er lief ins Gemeindehaus, befahl den Schreiber zu sich, und am nächsten Morgen konnte jedermann den neuen Anschlag lesen:

Wer einen Hund hat, und läßt ihn herumlaufen, der wird erschossen, der Hund.

Von unserer Spanienreise

In Vigo, am Westufer Spaniens, wo wir an Land gingen, hatten wir eine besonders nette Begegnung, die uns an einen Besuch im »Narrenhaus« in Rotenburg bei Bern denken ließ, wo wir den Enkel des Malers Böcklin im Garten promenieren sahen. Den Zylinder auf dem Kopf, einen Stock mit Silberknauf in der Hand, spazierte er wie ein beneidenswert glücklicher Mensch einher. Er bemerkte uns nicht, das heißt, er übersah uns, besser noch, er sah durch uns hindurch als ob wir gar nicht da wären, und grüßte höflichst um uns herum die Damen und Herren, die gar nicht da waren. Dann nahm er Platz auf einer Bank, nachdem auch der letzte seiner eingebildeten Gäste sich gesetzt hatte, und dann erzählte er seiner Gesellschaft anscheinend nicht ganz salonfähige Geschichten, mit leiser Stimme, oft vorgehaltener Hand, behandschuht natürlich, dahinter sich ein etwas sarkastisches Lächeln verbarg. Er entschuldigte sich oft vor einem unpassenden Wort, und genoß seine Wirkung auf die feinen Damen, die sich gerade deshalb um ihn drängten, wie der Glückliche dem Arzt täglich ausführlich berichtete.

Mein Mann spielte das gern nach, und bewunderte, wie folgerichtig sich dieser kranke Enkel des großen Malers Böcklin aus der Jugendstilzeit benahm, der von einem besonderen und anscheinend beglückenden Wahn befallen war.

»Was mich an Irren immer wieder fesselt«, sagte mein Mann damals, »ist folgendes: Wenn einer schon verrückt wird, was begreiflich ist in unserer verrückten Welt, und sich freimacht, zum Beispiel von unserer Logik, dann sollte man meinen, daß er sich unlogisch beträgt. Aber keine Spur. So ein Verrückter ist peinlich logisch, viel konsequenter als wir, geradezu kleinbürgerlich genau, möchte ich sagen. Unter Normalen finden sich viel interessantere Verrückte, mit liebenswürdigen Ticks, die sich dann auf der Bühne auch gut verwenden lassen.«

In Vigo also, stiegen wir an Land und waren sehr ungehalten, daß wir so lang auf unser Auto warten mußten, obwohl es abgeladen dastand.

Da gesellte sich von ungefähr ein junger Mann zu uns, und fragte in englischer Sprache, ob er uns behilflich sein dürfe. Wir waren froh, mit jemand wenigstens etwas radebrechen zu können, und dadurch vielleicht einigermaßen verständlich vermittelt zu bekommen, was die Beamten von uns wollten. Ich erklärte dem jungen Mann, daß eine Gruppe von aufgeregt gestikulierenden und sich gegenseitig anbrüllenden Herren uns unsern Wagen nicht ausfolgen wolle, obwohl wir alle Unterlagen abgegeben hätten, die bestätigten, daß wir schon zu Hause in Bern alles bezahlt hätten, den Transport und auch das Abladen, um dann an Ort und Stelle keine Zeit zu verlieren.

Es gäbe hier immer kleine Schwierigkeiten mit Autos, meinte der junge Mann, und als er dann hörte, daß wir zwei miteinander deutsch sprachen, sagte er in unverkennbarem Pragerisch:

»Na was denn? Mir fällt sich vielleicht ein Stein vom Herzen hinunter! Ich spreche ja vielleicht viel leichter deitsch mit Ihnen! Ich bin ja aus Prag! Wondraschek, Fremdenfihrer und Kunstexperte, wenn Sie vielleicht gestatten?«

»Wir gestatten nicht nur vielleicht, sondern bestimmt, Herr Wondraschek«, sagte mein Mann, stellte auch uns vor, als Schauspieler aus Berlin, und schüttelte dem rettenden Engel sehr herzlich die Hand.

Nun bot dieser sich an, »gegen freie Beköstigung, vielleicht« und »ein paar Peseten, vielleicht« uns alle Sehenswürdigkeiten der Stadt zu zeigen und zu erklären. Da wir sowieso auf unsern Wagen warten mußten, nahmen wir gern an, und als wir angenommen hatten, und dies durch die »paar Peseten vielleicht«, die im vorhinein zu entrichten waren, verbrieft war, verriet uns Herr Wondraschek – »im Vertrauen vielleicht, natirlich« – daß wir das Auto »vielleicht« deshalb nicht bekämen, weil die Herrn hier »vielleicht« auch etwas davon haben wollten!

»Nicht viel, aber doch«, sagte er, worauf mein Mann ihn beauftragte, »nicht viel, aber doch« für uns zu bezahlen, worauf wir wiederum augenblicklich einsteigen und abfahren durften, und unsern Herrn Wondraschek mitnahmen.

Es war bewundernswert wie Herr Wondraschek sich die vielen Jahreszahlen merken konnte. In den Kirchen allein, in die er uns zuerst führte, gab es unzählige Bilder und Skulpturen, und alle dazugehörigen Daten hatte er im Kopf. Es war erstaunlich.

»Na Sie missen ja vielleicht auch ein Gedächtnis haben fir Ihren Beruf«, sagte Herr Wondraschek, »und ich verrate Ihnen – im Vertrauen natirlich, – daß ich auch einmal Schauspieler werden wollte, aber ich hab mir so eine Rolle nicht merken kennen.«

Immerhin meinte mein Mann, sei der Text einer Rolle logisch aneinandergefügt, es ergäbe sich dabei eins aus dem andern – »wenigstens war es bis vor kurzem so, und wird nach Überwindung des *Heutigen*, des Modernen, todsicher wieder so sein« – sagte mein

Mann. Aber die Jahreszahlen die man sich zu so einer Führung zu merken hätte, das wäre reinste Gedächtnisakrobatik.

»Man muß sich hinter diese höheren geistigen Berufe erst vielleicht dahinterkommen«, sagte Herr Wondraschek listig lächelnd, »ich kennte Ihnen das vielleicht einmal lernen, und ich glaube, Sie mechten das dann vielleicht *auch* kennen. Wenn ich Ihnen zum Beispiel – im Vertrauen vielleicht natirlich – sage, daß ich nicht eine einzige Jahreszahl wirklich weiß? Ich hab sie einmal sogar gelernt, aber längstens alles vergessen. Bitteschen, es fällt doch sowieso keinem auf, welche Zahl ich sage, weil sowieso keiner sie weiß. Es ist denen vielleicht doch sicher ganz gleich, welches Jahr es schon war. Mir zum Beispiel, wenn ein Bild mir gefällt, ist das bitte vielleicht ganz egal. Ihnen nicht vielleicht auch?« lachte Herr Wondraschek und erzählte uns dann beim Abendessen, wie er Fremdenführer geworden war.

»Na also, ich bin in Prag gewesen, wie die Deitschen einmarschiert sind und da hab ich vielleicht Glick gehabt, denn da ist es mir vielleicht gelungen zu flichten. Kennen Sie Prag? Die schenste und beste Stadt der Welt! Mein slata Praha«, sagte er und bekam Tränen in die Augen. Auf endlosen Umwegen, kreuz und quer, wurde er nach Vigo verschlagen. Er konnte nicht sagen, auf welchen Wegen, weil er nie wußte wo er gerade war, es sei aber immer wieder eine Gegend gewesen, wo die Leute weder Tschechisch, noch Deutsch, noch Englisch verstanden.

»Wie ich das Meer gesehen habe, hab ich sofort haltgemacht, weil ich doch vielleicht überhaupt nicht schwimmen kann, und mein Leben doch vielleicht so einem Schiff nicht anvertrauen mechte. Und da war ich zufällig in Vigo. In einer großen Stadt, hab ich mir gesagt, mißte es ein greßeres Hotel geben. Und da bin ich hingegangen, hab auf das Telephon gezeigt und gesagt: ›Konsulat!‹

Da hat mir der Portier das Telephonbuch hingeworfen, und ich hab es ihm zurickgeworfen, und er wieder mir, und ich wieder ihm. Das haben wir so ein paar Mal gemacht, bis es ihm zu dumm war, und er etwas gefragt hat mit dem Wort Konsulat drin. Und da hab ich geantwortet, Tschechisches Československý. Da hat er dann im Buch gesucht, und es mir aufgeschlagen zugespielt. Lesen kann ich, und so hab ich gelesen, Konsultát Československý, Freiherr von Xanter, oder so ähnlich.

Da hab ich angerufen, hab mich gleich telephonisch vorgestellt, und bin hingegangen. Und da hab ich Glick gehabt. Ich hab nämlich immer Glick. Grad wie ich gekommen bin, hat man am Telephon angefragt, ob sie einen Herrn wissen, der deitsch und englisch beherrscht, weil man fir das Museum so einen Herrn einstellen mechte.

›Ich, bitteschen, freiherrlicher Baron‹, hab ich gesagt, ›ich bin so ein Herr‹. Und geistesgegenwärtig hab ich hinzugefigt: ›I can English!‹ Da hat der freiherrliche Konsul aber vielleicht gestaunt, weil mir das so leicht von der Zunge gegangen ist, und hat mich gefragt:

›Was sind Sie von Beruf?‹

›Nichts, bitteschen, freiherrlicher Baron‹, hab ich gesagt, ›ich bin in der Hinsicht noch ganz unbelastet.‹

›Was wollen Sie werden‹, hat er gefragt.

›Konditor, bitteschen‹, hab ich gesagt.

›Und Sie würden sich da trauen als Fremdenführer in ein Kunstinstitut zu gehen‹, hat er dann gefragt, und den Kopf geschüttelt.

›Ja, bitteschen freiherrlicher Baron‹, hab ich gesagt, ›das ist doch vielleicht viel leichter als Konditor. Konditor muß man bitteschen kennen, aber zu Fremdenfihrer muß man doch vielleicht nur freindlich sein kennen, und das kann ich. Konditor ist eine Kunst‹, hab ich gesagt, ›aber Fremdenfihrer hat doch bitteschen mit Kunst nichts zu tun. Ich mechte es bitteschen vielleicht ausprobieren dirfen.‹ Und dann hab ich ihn gefragt, wer in der Stadt vielleicht etwas von Museums versteht.

›Da könnten Sie Glück haben‹, hat er gesagt, ›niemand.‹

Und da hab ich Glick gehabt, ich hab immer Glick, weil der Konsul nämlich selber einmal Kunstgeschichte gelernt hat. Und da hat er mir seine Bicher erlaubt, daß ich aus denen studieren darf. Und da hab ich mir vielleicht Zeit genommen, und hab aus den Bichern vom Konsul, über die schenen Bilder die da drin waren, auswendig gelernt.

Und dann ist der Tag gekommen, wo ich mich dann vielleicht gemeldet habe. Und da hab ich wieder Glick gehabt, denn da hat mir der Verkehrs- und Kunstverein Bicher vorgelegt. Es waren die Bicher von meinem Konsul. Das hab ich sofort gesehen an den Ecken, die ich mir eingebogen hab, und jetzt hab ich zeigen sollen, was ich vielleicht kann! Ich hab denen als erstes die heruntergekommene Maria, diese Assunta, auf lateinisch ›Herunterkommen‹, von dem Tizian, erklären sollen! Und warum gerade die? Da hab ich nämlich Glick gehabt, weil das Bild hat mir von allen am besten gefallen, und da hab ich mir gesagt, daß es allen Leiten auch am besten gefallen wird, und hab das zuerst auswendig gelernt. Und da hab ich diese Seite vielleicht sicher mehr aufgedrickt, und efter. Und wie die Herrn so ganz leger-gezwungen das Buch geöffnet haben, ist es ihnen gerade auf dieser Seite zuerst aufgegangen. Und die Seite, die hab ich vielleicht fließend-freischwimmend, mechte ich sagen, gekonnt, ich weiß sie heute noch:

> Der wunderbare Fluß der Linien, die herrliche Bewegung der Aufschwebenden, wie das intensive Rot zu dem Blau steht, die Übereinstimmung in der Verteilung der Farbmasse, die das Gesetz wonach die Renaissance arbeitet, bestätigt...

Ich hab dann noch Aussprüche von wem alles zitiert, und Zeilen von dem Vasari aus ›Vite de' piu eccellenti pittori scultori ed achitetti‹, was 1550 in vermehrter Auflage erschienen ist – was, da staunen Sie, Herr und Frau Getz –! Die Herren haben mich aber auch vielleicht mit offenem Mund angestaunt! Da heißt, das hab ich so geglaubt. Aber es war ein Mißverständnis dabei, denn der Oberste vom Verkehrs- und Kunstverein hat gesagt:

›Das ist ganz unmöglich, Herr Wondraschek, was Sie da machen. Das ist ausgeschlossen, so etwas hier in Vigo. Was kann man sich da vorstellen dabei? Was macht sich die Masse aus Ihrer Farbmasse? Was interessiert die Masse, wieviel Farbmasse der da verbraucht hat für ein Gemälde 135 Zentimeter auf 215 Zentimeter? Wenn Sie Glück haben, ist im Jahr vielleicht ein einziger Malermeister unter den Leuten, der das wissen mechte.‹

Na, und da war ich vielleicht perplex! Und irgendwo hat er vielleicht recht, hab ich mir gedacht, denn mich zum Beispiel, interessiert das ja eigentlich auch nicht.

›Aber wir finden‹, hat der Direktor fortgesetzt, ›wir finden alle, daß Sie ein ansprechendes Wesen haben und ein ausgesprochen schönes Deutsch, und außer Ihnen hat sich auch keiner gemeldet. Gehen Sie also morgen mit der Führung des Herrn Pichler aus Wien mit, und da werden Sie hören, wie man so etwas macht, und dann werden wir sehen, ob wir Sie einstellen können.‹ Am nächsten Tag hab ich mich unter die Touristen – auf Freikarte natirlich – gemischt, und bin mit der Fihrung des Herrn Pichlers mitgegangen, und hab da vielleicht aufgepaßt!

›Das, Herrschaften, das Bild da‹, hat er gesagt, ›stellt die Geliebte des Malers des Bildes dar.‹

Ich hab gleich gewußt, daß das nicht wahr ist, denn die hab ich aus den Bichern vom Konsul gekannt, die Isabella Este, aber ich hab ihn nicht blamieren wollen, und jeder Mensch kann sich vielleicht einmal irren, hab ich mir gedacht.

›Hier dagegen sehen Sie, Herrschaften‹, hat er gesagt, ›den großen Krimi Krimmaniano‹. Den also, hab ich iberhaupt nicht gekannt.

Vielleicht war er es, möglich daß er so geheißen hat, ich glaub es nicht, aber niemand hat etwas dagegen gesagt, also ich auch nicht.

›Der Herr der so leger neben ihm steht, der mit dem schönen schwarzen Bart – jedes Haar möchte man ihm einzeln ausreißen, so meisterlich ist das gemalt, Herrschaften –, ist der, der ihn im nächtlichen Dunkel des Canalettos ermordet hat‹, hat der Herr Pichler, ich muß zugeben, sehr beeindrickend vorgetragen, und damit eine gewisse Spannung erzeugt. Alle haben aufmerksam zugehert, und sich das Bild daraufhien ganz genau betrachtet und dabei gestaunt, und was will man mehr?

›Und dort‹, hat der Herr Pichler erklärt, ›gleich gegenüber so vis à vis zu sagen, da haben wir den ‚Rat der Sieben' aufgehängt, Herrschaften. Weil die nämlich gerade ihr nächstes Opfer ausdenken, was sie zusammen aufhängen wollen im Palazzo Medici. Schaun Sie sich bitte die mordlüsternen Blicke der fünf Herrn auf dem Bild des ‚Rates der Sieben' genau an!‹

Gerade wie es mich gezuckt hat, hat ein echtgebürtiger Amerikaner gefragt, warum es im Katalog nur der ›Rat der Fünf‹ heißt und eigentlich auch nur fünf drauf sind, und da hat der Herr Pichler ihm einen Blick zugeworfen, dem es leid getan hat, nicht giftiger zu sein und erwidert, daß das Bild im Volksmunde so heißt, damit man nicht wissen soll, daß zwei gerade hinausgehen mußten, was der Maler aus Taktgefühl in den Titel seines Bildes nicht hineingegeben hat, was nur unsere Führungsteilnehmer wissen dürfen. Da hab ich vielleicht zugeben missen, daß das großartig ist, wie der Herr Pichler das macht. Aber es kommt noch besser!

›Wir kommen, Herrschaften, zu der größten Edeldame des Szekolums, der ausgedehntesten Dirne dieser Zeit – wir in Wien mechten sagen, zu dem bekanntesten Strichmensch des Jahrhunderts – Antonia Fozquarelli de Kanailli, die in jedem Jahre ihres Lebens 530 Geliebte verbraucht hat, was historisch nachgewiesen werden kann.‹

Also, Herr und Frau Getz, da war Ihnen eine solche Stille eingetreten in dem Saal, daß man gehert hätte, wenn vielleicht eine Fliege husten oder von einem Fuß auf den andern iberwechseln hätte missen.

›Und dieser grimmigblickende Herr mit dem sanften Augenaufschlag hinter ihr dahinter stehend, Herrschaften‹, hat der Herr Pichler gesagt, ›das ist der, der uns nach hundert Jahren in seinen Memoiren, die eintausendundeine Nächte von dieser Edeldame iberlieferte, weshalb der Maler ihn gleich dazugemalt hat.‹ Die Blicke von den Touristen, die haben vielleicht geglüht vor Skandallust. Besonders die Edeldame mit dem 530 Geliebtenverbrauch pro Jahr, haben sie vielleicht verschlungen mit den Augen, und von der haben sie sich am Ausgang dann Karten nur im Dutzend mitgenommen. Anders hat sie ihnen der Portier gar nicht verkaufen dirfen.

Na, und was hab ich gemacht? Ich bin gleich zu dem Obersten von dem Verkehrsverein hingegangen, und hab ihm gesagt, daß mir das großartig gefallen hat, wie der Herr Pichler das so menschlich verständlich macht, daß das natirlich viel besser ist wie der Vasari mit seinen Farbmassen, und vielleicht sogar das einzig Richtige für die Leute hier und die Reisenden aus Amerika die ich beobachtet habe, und daß ich das vielleicht gleich morgen anfangen kennte.

Und seitdem bin ich Fremdenfihrer und Experte fir die Kunst in Vigo, und verdien mir das Geld fir eine Konditorei am Wenzelsplatz in Prag. Und ich hoffe, daß ich das vielleicht bald zusammen haben werde, und zurickgehen kann nach slata Praha, in meine schene Heimat.«

Mein Mann gab Herrn Wondraschek, »vielleicht« ein paar Peseten mehr, als er verlangte, und nicht nur weil Herr Wondraschek ihn rührte, sondern weil er seine Art zu sprechen, seinen liebenswerten Tick könnte man es nennen, »vielleicht« in einem Stück einmal würde »vielleicht« verwenden wollen, sagte er.

Die lieben Kollegen

»Ich halte den X für einen sehr begabten Schriftsteller«, sagte mein Mann.

»Wenn Sie wüßten, Herr Goetz, wie der Ihren ›Prätorius‹ beurteilt...« murmelte der Kollege.

»Möglich, daß wir beide uns irren«, sagte mein Mann.

Mein Mann erzählte seinem Freund, daß ein Kollege zur Schriftstellerei übergewechselt sei, weil er das Schreiben für ertragreicher halte als das Theaterspielen.

»Und wie ist er zufrieden«, fragte der Freund, »hat er schon etwas verkauft?«

»Nicht viel«, sagte mein Mann, »bis jetzt erst seinen Wecker, seinen Mantel und einen Koffer, *sagt er*«, sagte mein Mann.

Ein Kollege kam aufgeregt zu meinem Mann gestürzt:

»Du, Curt, da mußt du unbedingt etwas dagegen tun! Der Elfzenthal erzählt überall, *er* wäre eigentlich der Autor deiner Stücke und Filme!«

»Verklagen würde ich ihn erst«, antwortete mein Mann, »wenn er sagte, *ich* hätte *seine* Texte geschrieben.«

Das Glück läßt sich kaufen, wie alles auf dieser Welt

Hier ist ein Entwurf von meinem Mann. Ob er ein Theaterstück oder etwas für die Leinwand daraus machen wollte, ihn vielleicht in Prosa behandelt hätte, das würde sich erst viel später, bei der Bearbeitung, herausgestellt haben. Seit seiner ›Tatjana‹, die er sein Lieblingskind nannte, machte es ihm Freude Prosa zu schreiben, zumal er schon damals meinte, daß Theater, Film und Fernsehen mit Riesenschritten einem Abgrund entgegengingen. Und heute liegen sie eben drin, so tief, daß man es kaum glauben kann wenn man bedenkt, daß, vor gar nicht so langer Zeit noch, der deutsche Film international führend war.

Woran lag das, und woran liegt es? Darüber wird oft gesprochen und wurde unlängst sogar im Fernsehen diskutiert. ›Wie man es besser machen könnte‹, so ungefähr hieß diese Sendung. Die Frage geht uns alle an, die wir diesen Zweig der Kunst liebten, und vielleicht kann ich ein Körnchen zur Lösung beitragen.

Es *lag* zu einem großen Teil daran, daß die Führenden im Metier ihr eigenes Geld riskieren mußten, weshalb sich nur Leute dran wagten, die ein angeborenes Talent, die es im Blut hatten, und sich damit auch ihre Mitarbeiter, bis zum kleinsten Pöstchen, herauszufinden verstanden.

Und woran *liegt* es, daß Theater, Film und Fernsehen so ins Arge geraten sind?

Es liegt zum großen Teil daran, daß sich Leute einschleichen können, ohne ein angeborenes Talent zu besitzen, das sich gerade in diesen Berufen immer schon in früher Kindheit als Berufung zeigt, ja Leute, die nicht einmal nüchterne Erfahrung mitbringen. Ich kenne einen Fall so genau, daß ich ihn als Beweis anführen kann:

Durch Zufall kam mir das Bewerbungsschreiben um einen Posten im Fernsehen in die Hand, in dem, unter anderen »Unrichtigkeiten« – sehr milde ausgedrückt – zu lesen stand:

> »Zwangläufig möchte ich fast sagen, ist mir durch mein Elternhaus diese ganze Branche bis in ihre technischen Einzelheiten hinein sehr vertraut... auch gerade im Hinblick auf fachliche dramaturgische Fragen, bin ich ja groß geworden.«

Abgesehen davon, daß, wenn man »im Hinblick« auf so einen Stil, der einem bis ins Innerste »hinein« weh tut, »groß geworden« ist, man sich von allem was mit Sprache zu tun hat, fernhalten sollte, habe ich die Person zufällig gekannt, und weiß, daß ihr »Elternhaus« das eines bitterarmen Bauern in Bayern ist, in das die betreffende Person als wochenaltes Würmchen von der Mutter gegeben wurde, worauf sie 18 Jahre lang dort zu Hause war.

Nun wäre es ja möglich, aber doch nicht wahrscheinlich, daß das brave Bäuerlein tagsüber die ehrbare Arbeit des Mistfahrens verrichtete, abends jedoch, nachdem er seine Frau im Rausch verprügelt hatte, den Kindern dramaturgische Vorträge hielt, auf daß sie »im Hinblick auf fachliche dramaturgische Fragen groß würden!« Aber *sehr* wahrscheinlich ist das wahrscheinlich nicht. Der Schreiber des Bewerbungsbriefes, der mit 18 Jahren noch nichts können *konnte*, keinerlei Begabung irgendwelcher Art zeigte, dem Leben hilflos gegenüberstand weil niemand auch nur die kleinste Ausbildung zahlen wollte, wurde meines Wissens, aus Mitleid, von der Frau eines Dichters, auf ein Jahr ins Haus genommen, der Wirtschafterin für die grobe Arbeit beigegeben, und konnte aber nur knappe neun Monate behalten werden. Während dieser Zeit, mußte das Ehepaar siebeneinhalb Monate ins Ausland. In den verbleibenden sechs Wochen also, will der Bewerber um den Posten im Fernsehen, mit dem Ehepaar – beim Geschirrspülen oder Bodenschrubben wahrscheinlich – »fachliche dramaturgische Fragen« erörtert haben, wodurch ihm »diese ganze Branche bis in ihre technischen Einzelheiten hinein sehr vertraut« geworden wäre!

So etwas kann man *nur* einem *Bürokraten* weismachen, der allerdings dann die Vergabe so eines Postens im Fernsehen verantworten muß, mitsamt dem Gehalt, der von den Gebühren der Fernsehteilnehmer bezahlt wird, die sich jeden Abend über das Programm nur noch wundern können und verzweifelt fragen, »wie man es besser machen könnte«.

Nur einem *Bürokraten* kann man damit Sand in die Augen streuen wollen, daß im Hause eines Dichters »dramaturgische Fragen« – wenn überhaupt – so intensiv besprochen werden, daß ein völlig Ungebildeter in diesen Belangen die Sache *in ein paar Wochen* so beherrscht, daß er einen Posten im Fernsehen annehmen kann, der *bezahlt* wird. In unseren Tagen schrieben die Dichter nämlich nicht nach dramaturgischen Regeln, die meisten kannten sie gar nicht, sie ergaben sich aus Instinkt, aus dem, was man Talent nennt. Doch müßte man heutige Dichter fragen, ob sie beim Schreiben an dramaturgische Gesetze denken und diese in der Küche erörtern. Die Zeiten haben sich geändert, vielleicht ist es so. Mein Mann jedenfalls hätte jeden sogleich verjagt, der ihm mit »technisch dramaturgischen Fragen« gekommen wäre. Er hätte ihm geraten, sich damit an sterile Schreiber zu wenden die mit lebendiger Kunst nichts zu tun haben. Er war außerdem der Ansicht, daß der Niedergang unserer Kunst mit dem Tage festzusetzen wäre, da Leute sich in sein Metier mischten, die glaubten, man könnte es mit »Erlernbarem«, mit »Zusammengelesenem« bewältigen. »Das eben zündet nicht«, sagte er, »Theater, Film und Fernsehen kann man nur mit der Nase führen, mit angeborenem Talent, das sich erfahrungsgemäß schon in den Kinderschuhen ganz energisch durchsetzen will.«

Vielleicht sollte sich der *Bürokrat*, ehe er die Posten für das Fernsehen vergibt, erkundigen, ob so ein Bewerbungsschreiben nur einigermaßen auf Wahrheit beruht. Das wäre ein kleiner Hinweis, »wie man es besser machen könnte«.

Diese Geschichte hier, vom Glück, das sich kaufen läßt, ist wieder »gesund«, voll Saft, Phantasie und Überraschungen, nicht nach dramaturgischen Regeln schielend, und der Leser mag sich ausmalen, was ein Curt Goetz aus ihr gemacht, mit wieviel heiteren Lichtern er sie ausgestattet hätte, und vor allen Dingen, welch herrliche Charakterstudie er uns da wieder vorgespielt haben würde.

Das Glück läßt sich kaufen,
wie alles auf dieser Welt

Aus diesen Zeilen hatte Herr Kasper Hundertpfund sich ein kleines Plakat gefertigt, in stilgerechter Antiqua und schwarzer Tusche kalligraphiert, mit einem verhaucht schraffierten Vierblatt in roter Tinte als Hintergrund, und dieses an das Fenster seiner Parterrewohnung, die in einem der schmalsten Gäßchen der Altstadt lag, geheftet. Das hatte zur Folge, daß Leute stehenblieben und lasen,was da geschrieben stand. Die meisten lächelten nur und gingen ihrer Wege, doch manche von ihnen kamen zurück, blieben nun länger vor dem Fenster stehen, blickten scheu rundum weil sie unbeobachtet das seltsam Verlockende noch einmal lesen wollten, und es waren nicht wenige, die dann in den Hausflur traten und an der Wohnungstür pochten.

Da saß Herr Hundertpfund dann immer an seinem Sekretär und schrieb, brach seine Arbeit wohl mitten in einem Satz ab, brummte ein kaum hörbares »Herein«, und nahm die kurze Pfeife aus den Zähnen. Er drehte seinen Kopf ohne ihn zu heben nach dem Eintretenden, und musterte diesen über seine Brillengläser hinweg, die er durch eine Bewegung der Ohren um ein Weniges auf den Nasenrükken hatte rutschen machen, und wartete bis sein Besucher etwas sagte. Denn Herr Hundertpfund sprach wenig, und das nicht gern. Um sich die Antwort zu ersparen, wenn der Kunde zu erfahren wünschte, was es mit dem Ankauf des Glücks auf sich habe, zog Herr Hundertpfund das Schubfach des Biedermeiersekretärs auf, entnahm ihm ein hellblaues Blatt auf dem zu lesen stand, daß er, Kasper Hundertpfund ein Weitgereister sei, Jahre im Fernen Osten gelebt habe, und es verstünde ein Mittel zu bereiten, das Unglückliche glücklich mache. Doch müßte man ihm sein Mißgeschick, und was es verursachte, in absoluter Wahrheit und Wahrhaftigkeit anvertrauen, um ihm die Möglichkeit zu geben, die ganz spezielle Mischung für den ganz speziellen Fall zu wählen. Verschwiegenheit sei selbstverständlich und zugesagt.

Darauf bekam Herr Hundertpfund meistens zu hören:

»Meine Geschichte ist eine lange Geschichte, lieber Herr, und nicht leicht zu erzählen, und noch weniger leicht zu verstehen, denn die gibt es sicherlich kein zweites Mal!«

Gerade das kam Herrn Hundertpfund zupaß. Er erhob sich, bot dem Gast die bequeme Ecke auf dem altertümlichen Sofa mit der hochgeschwungenen Lehne an, rückte sich den Ohrensessel zurecht, so daß er selber mit dem Rücken zum Fenster zu sitzen kam, und seinen Besucher in vollem Lichte vor sich hatte. Dann schob er seine Brille wieder dicht vor die Augen, verschränkte die Arme vor der Brust und hörte aufmerksam zu. Er ließ sich kein Wort entgehen das der Kunde sagte und keinen Gedanken entschlüpfen den dieser dahinter verbarg.

Wenn nun das ganze Unglück vor ihm ausgebreitet dalag, wie Krämerware auf dem Tisch einer Jahrmarktbude, stützte Herr Hundertpfund seinen Ellenbogen auf die Lehne und das Kinn auf den Handrücken, und dachte nach. Dann zog er seine Brille ab, putzte sie mit seinem linienumränderten Taschentuch, setzte sie, beide Hände benutzend, wieder auf, und ging an sein Wandschränkchen das über einer buntbemalten Bauernkommode hing, entnahm ihm eine Streichholzschachtel und brachte diese ans Fenster. Die Tür des Schränkchens ließ er weit offen stehen, so daß der Besuch sehen konnte, daß es da eine Menge Streichholzschachteln in allen Farben gab, umklebt mit roten, grünen, gelben, blauen, grauen, braunen, schwarzen und auch weißen Banderolen, auf denen viel Geschriebenes stand.

Herr Hundertpfund warf nun seinem Gast einen langen und durchdringenden Blick zu, und winkte ihn heran. Dann zog er seine

Brille um etwas vor, hielt sie in Augenhöhe mit dem Daumen und dem Zeigefinger am Bügel fest, während er den kleinen Finger derselben Hand langsam über die Schriftzüge auf der fast bis zur Nasenspitze gehobenen Schachtel gleiten ließ, den Kunden damit auffordernd mitzulesen. Dieser, zwar stumm aber gebieterisch gezwungen, tat es dann auch.

Das Glück läßt sich kaufen,
wie alles auf dieser Welt.
Dieses Pulver
ist zu nehmen mit einem vollen
Glase Weines, knapp vor dem Zubettgehen.
Es garantiert einen tiefen langen Schlaf.

Fast immer entstand hier eine Pause, die der Gast dann in Verlegenheit, und deshalb entgegengesetzt dem augenblicklichen Empfinden, zu füllen versuchte, mit einem Nicken einer, dem Zweifel sich in seinen Glauben mischte, mit Kopfschütteln der andere, dem gerade Zuversicht den Unglauben verdrängen wollte.

Das alles kannte Herr Hundertpfund, und er wartete geduldig bis der Patient nach dem Heilmittel griff, dann mehr oder weniger lang nach seiner Börse, dann in ihr suchte, bezahlte, und verschwand. Letzteres geschah immer hastig. Man umklammerte das gekaufte Glück mit zitternden Fingern, und hielt es fest, um es ja nicht zu verlieren. Herr Hundertpfund ging dann stets ans Fenster und sah seinen Kunden nach, die ganz anders zu ihm gekommen waren, als sie jetzt beschwingt das Gäßchen entlangliefen. Er ging zurück an seine Arbeit und schrieb ohne erst überlegen zu müssen den begonnenen Satz zu Ende, als hätte es keinen Unterbruch für ihn gegeben.

Nun war es wieder still im Raum, nur der Stift lief über das Papier und kurze runde Paffwölkchen stiegen aus Herrn Hundertpfunds Pfeife ungehindert an die niedere Holzdecke, bis der nächste kam.

Alles wäre in schönster Ordnung geblieben, wenn dieses Mal nicht Frau Millada Duschek, ein wahres Häufchen Unglück vom Balkan hierher verschlagen, als nächste das Zimmer betreten hätte. Sie war etwa 50 Jahre alt, klein, zerbrechlich, bleich und arm. Arm besonders deshalb, weil sie sich selber so leid tat, daß sie, wenn sie von sich sprach, stets feuchte Augen bekam, die dann rotumrändert anliefen, wie die eines weißen Kaninchens, dem sie überhaupt in allem glich. Was Wunder, daß das Plakat im Fenster sie augenblicks zu Herrn Hundertpfund gebracht hatte?

Umständlich, und einerseits ergeben in ihr Schicksal, andererseits sich auflehnend gegen ihr schweres Los, erzählte sie ihm ihre Geschichte, die Tragödie, ihr Unglück.

Wohlhabend und schön sei sie einmal gewesen, was man ihr heute gewiß nicht ansähe, glücklich verheiratet auch. Beide hätten sie gern Kinder gehabt aber keine bekommen. Da seien sie eines Tages ins Findelhaus gegangen, um sich eines zu holen.

Wie das Kind sein sollte, hatten die Schwestern gefragt, und da hätten sie gesagt, arm sollte es sein, so arm, daß es keiner sonst nehmen wollte.

Da brachten sie die Julia an, lang, stumpf, kalt und 16 Jahre alt.

»Das ist doch kein Kind«, hatte ihr Mann gesagt, »das ist eine Frau.«

»Aber die einzige im Augenblick«, sagten die Schwestern, »die niemand haben will. Ihre eigene Mutter nicht. Die wollte sie erst gar nicht gebären, weil sie schon eines ohne Vater hat.« Und dann baten sie inständig, ihnen das Mädchen abzunehmen, und legten eilig ihre Papiere zur Unterschrift bereit.

»Aber da hat meine gute Mann mich zu sein Herzen genommen und gesagt: ›Millada, mein Schatz, du, mach das nicht, bitte ich dich! Ein Kind ohne Vater kann Kind von Liebe sein, aber zweite ohne Vater von andre, is sich unsaubere Wirtschaft. Laß dies arme Mädl wo ist, und nimmt nicht in unseren reinen Haus.‹ «

Dann war der Krieg gekommen, der Mann gefallen, alles zerstört, alles verloren. Millada mußte arbeiten gehen und mit lauter Fremden leben, und war allein. Da sei ihr das einsame Mädchen Julia eingefallen, die ihren Mann doch wenigstens das eine Mal gesehen hatte, die ihn wieder vor sich sehen müßte, wenn Millada ihr von ihm sprechen würde. Und sie holte Julia, die auch allein war auf der Welt, nahm sie auf, und gab ihr alles was sie ihr geben konnte, sogar ihren ehrlichen Namen.

»Schlimm is in Fabrik arbeiten«, erzählte Frau Duschek Herrn Hundertpfund, »und schwer! Konservefabrik ich arbeiten, sehr sehr schwer. Aufseher schreit er zu mir: ›Warum Sie nehmen nur ein Eimer in ein Hand, Frau? Zwei Sie mussen tragen! In jede Hand zwei, sonst Zeitverschwendung is das!‹ Finf Kilo hat einen Kessel Marmelade. Hände weh, Armen, Rucken, alles weh am Abend. Aber ich brauchen Geld für Juli lernen lassen. Nach ein Jahr ich können nicht mehr, ich gehen arbeiten in Haushalt. Das noch schlimmer. Hunde zwei, große und kleine. Ich weniger bin in Haus wie Hunde. Bekommen Hunde mehr Liebe wie ich. Und stinken sie in Bett. Kleine schlaft sie bei Herr und große schlaft sie mit Frau unter

Decke. Stinken! Ich muß putzen. Aber ich gern alles für Juli. Sie dann heiratet. Kommt kleine Maruschka. Maruschka gute Kind, liebe Kind, immer zu mir gute Kind. Ich alles geben was ich spart habe, und bauen schöne Haus für Juli. Aber jetzt, mit schöne Haus, sie will ›Dame‹ machen. Muß sie Hausfreund haben. Mann nix wissen, sie sagt, Mann dumme Missionar, sie sagt. Dann auf einen Mal, für Damespielen alte Hausfreund nix mehr gut, neue muß haben, is Sohn von Freundin. Jetzt ich soll Hotel kaufen für ihr mit junge Hausfreund. Ich nicht Hotel kaufen für Zuhälter. Mann wo in fremde Ehe geht, sowieso nix gut, is Schuft. Schuft is! Und noch nix fertig mit lernen. Man muß man lernen auch für Hotel. Juli nur Schreibmaschinenschreiben gelernt. Mit nur Schreibmaschinenschreiben kann nicht Hotel führen. Jetzt sie sagt mir, wenn nicht Hotel, sie mussen verdienen gehn für Kind. Verdienen geht für seine Vergnügen, für noch Kleider und Friseuren. Verdienen geht weil in Büro lustiger wie bei Kind zum Hause. Kind langweilig, weil sie Kind nicht lieben, weil nicht weißt sie was lieben. Für ihr, Liebe is Bett. Arme Maruschka, wenn kommt von Schule, keinen Mutter wartet. Kleines Kinder, jedes Dienstmadl kann halten, aber großes, wenn anfangen denken und fragen, von ab zehn, zwölf Jahre, braucht Mutter wie Brot. Zum Lernen wie richtig leben soll. Nix hilft sagen, nix hilft erzählen. Zeigen! Vorzeigen muß wie feine Seele zu bekommen, wie sauber richtig leben soll. Jede Tag vorzeigen! Aber das nix versteht gewöhnliche Personen. Zum das verstehen, muß feine Seele haben. Woher Juli soll sie feine Seele haben? Glaubt sie reich is fein, und Bett is Liebe. Hat nicht Liebe bekommen wenn auf Welt gekommen. Mutter geschamt sich weil zweite uneheliche Kind, so, schnell weg mit Juli. Und wie soll jetzt Juli wissen, was Liebe. Arme Kind. Wie Blindgeborenes nie wissen was Farbe, solche Mensch nie weißt er was Liebe. Das mein Mann gesagt. Gescheite Mann. Hätte ich folgen sollen. Mein Mann gute Mann, saubere Mann, feine Seele gehabt. Unser Haus saubere Haus, und er mir gesagt, zweite Kind ohne Vater gehört sie nicht in saubere Haus, weil wird nie gut,weil einmal kommt sich Blut von Mutter und Vater hinaus. Solche Vater ganz schlecht, nur Kind machen und dann weg. – Das, liebe Herr, mein Unglück. – Jetzt ich nicht leben kann in diese Haus, is Schweinstall mit Liebhaber in Bett! Vor Maruschka! Mit Sohn von Freundin! Und Sohn von Freundin nicht erste ist, nicht letzte wird sein! Und Bürolüge! Arbeitlüge! Arme Maruschka,wird sie werden wie Juli, weil hat sie auch kein Liebe von Mutter. Weil wenn Mutter Kind liebt, kein Platz in Herz und Kopf für Liebhaber. Und Liebhaber ohne Liebe, nur Bett, is Saustall. Wenn Juli möchtet

Kind schlagen, besser wäre wie diese heimliche Verbrechen an Kind machen. Welt heute so schlecht, weil Mutter mit Geld verdienen, will sie gutmachen, aber Einzige was Mutter geben muß ihre Kind, is Zeit, is Liebe. Muttern sind sie heute wie Schweindl, sie Junge werfen, dann laufen lassen allein. Ich, liebe Herr, is schwer zum Verstehen, sehr schwer. Aber das, mein Unglück.«

Das ist die längste und böseste Geschichte, die ich je gehört habe, dachte Herr Hundertpfund, und blieb noch eine ganze Weile in ihrem Banne sitzen. Dann ging er langsam an den Wandschrank, und wählte für Frau Millada Duschek eine schwarze Streichholzschachtel.

Sie bezahlte schnell und konnte sich gar nicht genug bedanken. Sie küßte Herrn Hundertpfund sogar die Hände, so leicht und glücklich fühlte sie sich bereits. Es war die Ansprache, die sie an Herrn Hundertpfund gefunden hatte, die zur Aussprache alles dessen geworden war, was sie sich selber nie hätte sagen wollen. Es war genau besehen das Geheimnis der Beichte, dieses Sich-bedenkenlos-anvertrauen-Können. Frau Duschek war, als schwebe sie auf einem rosa Wölkchen.

Auch ihr sah Herr Hundertpfund am Fenster nach, wie sie das Gäßchen entlanghüpfte, und es überkamen ihn wie immer die gleichen Gefühle: Dankbarkeit, daß er solches zu geben imstande war, und ein Quentchen Zynismus mischte sich drein.

»Das Buch der Bücher hat immer recht«, sagte sich Herr Hundertpfund, als er wieder an seine Arbeit ging, »selig sind die Armen im Geiste! Denn welcher Vernünftige könnte glauben, daß ein Pülverchen Probleme lösen kann, ein Pülverchen in einer schwarzen Streichholzschachtel!«

Heute schrieb Herr Hundertpfund nur noch ein paar Zeilen, und setzte seine Unterschrift hin, die er mit dem auslaufenden Endstrich seines Namenszuges in ein schwungvolles Eirund einzuschließen verstand.

Dann machte er sich einige Notizen auf ein neues Blatt, schob es in die Lade und zog den Schlüssel ab von seiner Schreibkommode, hängte ihn an einen Nagel am Türstock von dem er zuvor den Wohnungschlüssel nahm, holte Mantel und Kappe aus dem Schrank, und verließ das Haus, lächelnd und ohne Eile, wie nur ein ganz Zufriedener es macht.

Die Dämmerung war schon hereingebrochen, und so kehrte Herr Hundertpfund heute im nahen »Schwanen« ein. Täglich konnte man ihn in einem der Gasthöfe sitzen sehen, wo er ein fülliges Mahl bestellte, und sich eine Flasche guten Weines dazu gönnte. Es verwunderte die Leute, daß dieser Mann in so einfacher Kleidung, von dem man nichts Bestimmtes wußte, – sicher war nur, daß er allein in einer höchst bescheidenen Wohnung hauste und es anscheinend nötig hatte, ein bißchen Geld von den Ärmsten der Armen, und durch ein zwar uraltes, aber doch fadenscheiniges Gewerbe zu verdienen – sich diese täglichen üppigen Mahlzeiten leisten konnte.

Aber damit hatte es seine Bewandtnis. Ob Herr Hundertpfund es so geplant hatte, oder ob es sich so ergab, sei dahingestellt. Jedenfalls brachte er die Geschichten seiner Klienten sorgfältig ausgearbeitet, mit veränderten Namen und Örtlichkeiten zu Papier, und konnte sie dann gut an eine Zeitung verkaufen, was ihm den kleinen Verdienst an seinen Pülverchen nicht selten verhundertfachte, denn mit dem Unglück der andern, hat man von jeher und überall noch gute Geschäfte gemacht.

Alles wäre soweit auch in Ordnung gegangen. Doch Fräulein Stephanie Obseniza, ein sparsames vorsichtiges Mädchen, die Freundin der Frau Millada Duschek, etwa 60 Jahre alt und aus demselben Kreis Podrinje gebürtig, wollte sich tagsdarauf auch das Glück bei Herrn Hundertpfund kaufen gehen, wenn es, so wie das Plakat des Herrn Hundertpfund es versprach, bei Millada gewirkt haben würde.

Als Fräulein Stephanie Obseniza aber am nächsten Morgen zu Frau Duschek kam um sie glücklich vorzufinden, kriegte sie sie gar nicht wach, lief deshalb schnurgerade zur Polizei, und so kam es, daß Herr Hundertpfund sich vor dem Richter verantworten mußte.

Es war nämlich festgestellt worden, daß sich im Magen der Frau Duschek dasselbe Gift fand, von dem Herr Hundertpfund Pfunde in seinem Keller verwahrte, aus dem auch seine Pülverchen bestanden, und zwar für alle speziellen Fälle, dieses eine spezielle Gift, ob er es nun in rot, grün, gelb, blau, grau, braun, schwarz oder weiß überklebte Streichholzschachteln packte.

Während der Richter das Ausmaß des Verbrechens, die Unwissenheit leichtgläubiger Mitmenschen, ja ihr unbedingtes Vertrauen mißbraucht zu haben von allen Seiten beleuchtete, verlor Herr Hundertpfund seine Ruhe für keinen Augenblick, und hörte sich auch die Anklage des Staatsanwalts aufmerksam an, genau so aufmerksam wie die Erzählungen seiner Kunden, dabei ebenso bequem zurückgelehnt und mit verschränkten Armen, als ginge ihn die Sache nur insofern an, eine Geschichte daraus schreiben zu wollen, um sie an eine Zeitung zu verkaufen.

Als der Richter endlich seine Schlußfrage stellte, ob Herr Hundertpfund sich für schuldig oder unschuldig erkläre, mußte der Verteidiger ihn erst anstoßen, um ihn aus seinen Dichterträumen zu wecken, und die Frage des Richters, die der Angeklagte gar nicht mitbekommen zu haben schien, wiederholte er deshalb noch einmal ganz laut:

»Schuldig oder nicht schuldig?«

»Nicht schuldig«, sagte Herr Hundertpfund. Er sagte es so seelenruhig und selbstverständlich, daß große Empörung entstand unter den Bewohnern der Stadt die den Gerichtssaal bis auf den letzten Platz füllten. Der Richter mußte lange seine Glocke schwingen, bis er die Frage noch einmal stellen konnte:

»Schuldig oder nicht schuldig?«

»Nicht schuldig! Und das will ich beweisen«, sagte Herr Hundertpfund in die nun lautlose Spannung.

»Hohes Gericht, und meine lieben Mitbürger!

Wen habe ich belogen, wen betrogen, wem hätte ich nur mein Wort nicht gehalten? Jedem der zu mir kam, gab ich, um was er mich bat: Erlösung von seinem Unglück! War es ein Ehemann den seine Frau entehrte, eine Frau die sich verlassen hatte auf ihren Mann und dann verlassen blieb, ein Armer, der seinen Hunger satt hatte, oder ein Reicher, dem sein Reichtum nicht mehr reicht, mit einem Wort, kam ein Unglücklicher zu mir, so versprach ich ihm, ihn von seinem Unglück zu erlösen. Ich habe gehalten, was ich versprach, denn der Tod ist das Glück für alle, denen ihr Leben Unglück bedeutet.«

Das Gericht zog sich zur Beratung zurück und es war so still im Saal, wie auf einem Friedhof um die Mitte der Nacht.

Herr Hundertpfund wurde zum Tode verurteilt.

Er nahm den Richterspruch freundlich an, und erklärte, daß ein Leben, ohne Wohltätigkeit am Nächsten üben zu dürfen, – Wohltätigkeit wie er sie verstand –, ein Unglück für ihn wäre.

Wenn es auf dieser Welt nach göttlichem Recht ginge, würde der weise Richter Herrn Hundertpfund verurteilt haben sein Pülverchen zu nehmen, mit einem vollen Glase guten Weines, abends, um in der letzten Nacht eines langen und tiefen Schlafes teilhaft zu werden. So aber wurde er ganz einfach, an einem verregneten Vormittag im April eines lang vergangenen Jahres gehenkt. Er wurde aufgeknüpft, ohne jegliche Phantasie, wie ein ganz gewöhnlicher Verbrecher, aufgeknüpft wie einer, der seinen Mitmenschen großen Schaden zufügte.

Das letzte was Herr Hundertpfund unter diese seine letzte Geschichte schrieb, deren Ertrag er seinem Verteidiger vermachte, der sich redlich bemüht hatte, Herrn Hundertpfund als Wohltäter darzustellen, als Wohltäter der seine Pülverchen zum Selbstkostenpreis verkaufte, das war, daß der Himmel, auf den er sich freue, wohl in Ordnung sei, nur mit der Bodenmannschaft hapere es noch gewaltig.

Hier ist gleich noch ein Entwurf meines Mannes, für ein *sehr buntes* Geschehen auf dem Fernsehschirm, wie er dazu notierte. Er suchte nach einer gefälligen Form für das Fernsehspiel:

»Der gute alte Film war episch, umsomehr müßte es das Fernsehspiel sein. Wenn ich mir den Zuschauer vorstelle, wie er in aller Bequemlichkeit in seiner Wohnung vor dem Schirm sitzt, dann bekomme ich den Eindruck, daß er sich etwas erzählen lassen möchte, und dann erzählt man ihm eben etwas. Am besten eine Geschichte, die das Bild noch anschaulicher machen kann, als das Wort allein es vermag.«

Das waren seine Gedanken, als er die folgende Erzählung entwarf, die man kurz halten, länger, oder abendfüllend ausbauen kann, und in der er uns wieder einen seiner hintergründigen und humorvollen alten Herrn hätte vorspielen wollen.

Nach der unumgänglichen, endlos gewordenen Titelreihe mit Musik, sieht man den Hauptdarsteller XY in einem bequemen Fauteuil sitzen. Er spricht:

Ich begrüße Sie, meine Damen und Herrn. – In einem unartigen Buch aus meiner Bibliothek – den Titel verrate ich nicht – steht die etwas makabre Geschichte von einem gewissen C. G. über einen spleenigen Lord, die Sie jetzt zu hören und zu sehen bekommen sollen, und die, setze ich die Worte behutsam, und bleibe ich in der Schilderung sachlich, ein tragischer und zugleich komischer, ein tragikomischer Beweis dafür wäre, daß die Grenze der Liebe Narrheit ist. Sie zu überschreiten, heißt unglücklich werden, sie zu beachten, vom Glück nur träumen. Was zu tun richtig wäre, muß der Zufall entscheiden, was Zufall ist, entscheidet das Schicksal. – Während die Bilder nun abrollen, deren Folge und Gestaltung ich vertrauensvoll in die Hand meines Regisseurs lege, werde ich Ihnen die Geschichte erzählen. Und drohen die Bilder verfänglich zu werden, dann sehen Sie wieder nur mich, erzählend, in meinem Fauteuil, alles Ihrer Phantasie überlassend, der so erprobten. Und nun, meine Damen und Herrn: Das Spiel kann beginnen!

Das Bild blendet über auf ein uraltes Schloß. Die Kamera tastet die Halle ab, deren Wände ringsum voll von Lederbänden bis an die

Decke prangen. Exotische Waffen ferner Länder hängen an den Mauern der Korridore. Seltsames ausgestopftes Getier steht in dunklen Nischen und Ecken.
Vor dem Tor steht der Wagen Seiner Lordschaft bereit, in den, von einem Livrierten, der letzte Koffer gereicht wird. Unter tiefen Verbeugungen der vollzähligen Dienerschaft setzt er sich in Bewegung, zur Fahrt – ins Blaue.

Der Erzähler:
Lord John W. (sprich John Döbljuh) Beniloff, ein menschenscheuer, wohl auch durch die Mischung seines Blutes nicht unbelasteter Edelmann, faßte mit 65 Jahren den Entschluß, sein graues Kastell in England, wo er bisher zwischen kostbaren Antiquitäten, alten Büchern, unschätzbaren Waffen und ausgestopftem seltsamem Getier eulenhaft gehorstet hatte, zu verlassen und auf Reisen zu gehen, um zu erfahren, was er, wie man ihm stets nahebrachte, trotz seines Reichtums versäume auf dieser Welt. Nur sein Sekretär sollte ihn begleiten, ein Mann in den besten Jahren, etwa 35, der einzige Mensch den er um sich ertrug, den er schätzte ob seiner Pfiffigkeit und seiner originellen Einfälle wegen, den er durch einen gegenseitig abgesprochenen Vertrag an sich gebunden hatte, bis an sein Ende. Ziel der Fahrt, war der Horizont.

Während der letzten Sätze sieht man den Lord im Fond seines Wagens lehnen und genüßlich die Gegend betrachten. Am Steuer sitzt der Sekretär.

Der Erzähler:
In einer Stadt Süd-Spaniens, Italiens oder Frankreichs – das tut nichts zur Sache – stieg der Lord mit seinem Begleiter im ersten Gasthof ab, wo man ihm »die besten Zimmer« einräumte, deren Fenster auf den Marktplatz gingen. Der Sekretär bekam sein Kabinett gleich nebenan, wie Lord John dieses gewöhnt war.

Doch »die schönen Zimmer« wurden dem Lord bald leid, denn am Marktplatz ging es lärmend zu. Eine Menge Volkes, vorwiegend Weiber und Kinder, lachend, schreiend, singend, kreischend. Und dazu hatte sich noch ein fahrender Zirkus niedergelassen, der sich nicht minder laut benahm. Drehorgel, Pfeifen und Trompeten wetteiferten miteinander in ohrenbetäubendem Getöse, und es kam hinzu, daß der Direktor dem der Zirkus gehörte, seine Darbietung, von der schrillsten aller Glocken begleitet, alles überschreiend, selbst ankündigte.

Lord John der nach dem Abendessen vergeblich versuchte seine geplagten Nerven durch Lektüre zu beruhigen, dann eine Schachpartie mit seinem Sekretär begann, ging schließlich ärgerlich über das unwahrscheinliche Lärmbedürfnis dieser Stadt zu Bett, zog die mitgeführte seidene Decke hoch über die Ohren und gedachte zu schlafen.

Doch auch dies gelang ihm nicht. Je mehr die Nacht vorrückte, desto lauter wurde der Markt. Schließlich hielt es der hohe Gast nicht mehr aus. Er kleidete sich an, und ging auf den Platz hinunter, wo seinen Fenstern schräg gegenüber das große Zirkuszelt stand. Vor ihm, auf einem Podest, der Direktor, ein schwerer Geselle, viereckig im ganzen, mit einem viel zu großen Tierschädel und winzigen Mulattenaugen, der die Attraktion seines Unternehmens ausrief:

> »Señorita Sulivani, Palasttänzerin aus der Türkei, geraubt, verschleppt, in einen Harem gesperrt, unter tausend Gefahren entflohen, schließlich bei mir gelandet, um dem geehrten Publikum die Tänze vorzuführen, die keinen Geringeren als den großen Sultan der großen Türkei entzückten!«

Dazu klingelte er wie ein Besessener, so daß man seine Worte kaum verstehen konnte, und ließ damit erst nach, als er zu erklären begann, daß mit Rücksicht auf die Berühmtheit der Señorita, mit Rücksicht auf ihre Schönheit und ihre Kunst, das Publikum einen kleinen Preisaufschlag berücksichtigen müßte.

Das hatte aber nicht den gewünschten Erfolg, es zeigte sich wenig Neigung die Palasttänzerin des Sultans zu sehen, und niemand drängte zur Kasse. Was mochte das schon Besonderes sein? Was konnte sie bieten neben Bären, Affen, Degenschluckern, Kunstreiterinnen und Jongleuren? Auch der Direktor selber war recht gut, wenn er seine bronzenen Zentnergewichte unter Stöhnen stemmte, von denen man munkelte, daß sie aus Holz wären! Um so besser, da gäbe es etwas zu lachen, mit Aussicht auf eine Prügelei sogar! Aber für eine Tänzerin einen Aufschlag zahlen, dazu war man nicht dumm genug in dieser Stadt, die viele schöne Mädchen hatte, die alle tanzen konnten. Umsonst, obendrein!

Lord John steuerte auf den Direktor zu, in der Absicht ihm seine Vorstellung vorzeitig abzubrechen, die ohnedies keinen großen Anklang fand. Man wollte doch noch etwas Schlaf bis zum Morgen finden können, wo die Reise weitergehen sollte bis nach Granada, Marseille oder Rom vielleicht.

Der Direktor sank förmlich zusammen in Demut vor dem hohen

Gast, in dem er sofort den reichen Mann witterte, und seine Schlitzaugen wurden noch schmaler.

Lord John nahm ihn eiskalt in seinen Blick, und wollte eben einen Vorschlag für ein ausreichendes Entgelt machen, als eine verhutzelte alte Frau aus dem Zelt trat, um dem Direktor eine Meldung zu bringen. Der aber winkte ab, die Frau verstand und blieb stehen in dem grellen Schlitz der Leinwand. Sie sah den Lord an und ein ungutes Lächeln kroch um ihren schlechtgeschminkten Mund.

Denn der Lord stand und starrte durch den offenen Spalt in das Zelt hinein.

Auf dem Podium zwischen qualmenden Fackeln tanzte ein Mädchen, zart und klein, von so edler Haltung, solchem Ebenmaß der Glieder und so seltenem Adel in ihren Zügen, daß man ihr nahe Beziehung zum Sultan der großen Türkei wohl glauben mochte.

In die breite Tatze des Direktors und in die knochige Hand der alten Frau ließen die schmalen Finger des Lords je eine Münze gleiten, und dann betrat er das Zelt.

Sie war eine Griechin von den Inseln und hieß Lou, Ludmilla nach ihrer Mutter, die aus dem Böhmischen gekommen war. Lou war auf die Landstraße geraten, durch Städte und Dörfer gezogen, Nächte unter freiem Himmel und auf Stroh waren ihr vertraut, in Kneipen hatte sie gegessen und getrunken, das alles brauchte sie einem nicht zu erzählen, das sah man ihr an. Sie war den Männern eine Freude, den Frauen ein Abscheu geworden. Aber sie tanzte und lachte und verlor nie ihre adelige Haltung, und nie schwand die Grazie aus der Bewegung ihrer kleinen Hände.

Für ein Nachtlager und eine Mahlzeit am Tage hatte sie sich an diesen Zirkus verkauft.

Lord John reiste am nächsten Morgen nicht weiter. Drei Tage lang blieb er in der abscheulich lärmenden Stadt, er schlief nicht, aß nicht, trank auch nicht. Den Frauen bisher eher abhold und immerhin schon hoch in Jahren, war er jetzt in ein späte und gefährliche Liebe geraten, die sein Leben in den Grundfesten erschüttern sollte.

Er verhandelte mit dem Zirkusdirektor und bot ihm für den Verzicht auf die kleine Tänzerin schließlich eine Summe, die den Mann in den Stand setzte, zeitlebens nicht mehr arbeiten zu müssen.

Als man die Stadt am vierten Tage verließ, saß die schöne junge Griechin neben dem hübschen jungen Sekretär, und warf Zuckerwerk für die Kleinen, und Münzen für die Großen aus dem Wagen, den die Menge umdrängte als fahre er eine Königin. Im Fond thronte stolz der alte Lord.

In der Wirtsstube aber saß der Zirkusdirektor und zahlte den

Wein vom Gelde des »alten Narren«. Er zahlte für jeden, der mit ihm auf sein großes Glück nicht mehr arbeiten zu müssen, anstoßen wollte.

In der Großstadt angelangt, befiel den Lord ein Fieber, das in diesem Jahr hier ausgebrochen war und dem die Ärzte einen neuartigen Namen gegeben hatten, weil sie nicht genau wußten was es war und woher es kam.

Viele Wochen lag Lord John ohne Bewußtsein zwischen Leben und Tod. Als er kaum wieder denken konnte, verlangte er Lou zu sehen.

Doch da vermeldete der Sekretär zaudernd und voll tiefer Trauer in der Stimme, daß sie gestorben sei:

»Señorita Lou, die Gute, hat wohl von Eurer Lordschaft den Todeskeim empfangen«, sagte er, »als sie aufopfernd, wie eine wahre Samariterin ihren Herrn pflegte, ihre Tage am Krankenlager, und ihre Nächte nebenan in meiner kleinen Kammer verbrachte, wo ich sie nach besten Kräften wach halten mußte, damit sie zu jeder Zeit zur Stelle sei. Ich selber habe den teueren Leichnam einbalsamiert und in einem prunkvoll geschnitzten Sarg begraben lassen.«

Lord John wollte seine tote Geliebte noch einmal sehen.

»Niemals! Bedenken Mylord die Gefahr einer neuerlichen Ansteckung«, sagte besorgt der Sekretär.

Aber der Lord bestand darauf.

»Das wird nicht möglich sein in einem Lande fromm wie diesem, wo man es für eine Todsünde hält, die Ruhe der Abgeschiedenen zu stören«, warnte entsetzt der Sekretär.

Aber der Lord bestand darauf.

»Er ist doch sonst so pfiffig«, sagte er, »lasse er sich etwas einfallen!«

»Wenn Euere Lordschaft wünschen«, erwiderte ergeben der Sekretär und ging.

Nach zehn Tagen stand der kunstvoll geschnitzte Sarg in Seiner Lordschaft Zimmer, und hatte einen vorsorglich fest verlöteten Deckel aus Glas um dem Wunsche Seiner Lordschaft nachzukommen. Darunter lag die Tote, angetan mit einem weißen Nachtgewand. Starr und wächsern war ihr wunderschönes Antlitz, die blassen Hände fromm um ein Kruzifix über der Brust gefaltet, schlief sie den ewigen Schlaf.

Lord John, der sein graues Kastell in der Heimat verlassen hatte, um zu erfahren, was er versäumt auf dieser Welt, wußte nun darum.

Was er *nicht* wußte, und wohl auch niemals erfahren sollte, das war, daß sein pfiffiger Sekretär, als der Lord die Señorita noch einmal sehen wollte, eiligst ihre Büste in Gips abnehmen, in Wachs gießen ließ, und bei einem Bildschnitzer den prunkvollen Sarg bestellte, mit einem gläsernen Deckel – den Wunsch Seiner Lordschaft zu erfüllen –, den aber ein Schmied verlöten mußte. Denn – so soll der Herr Sekretär versichert haben – es wäre ihm unerträglich geworden, die Liebe seiner Frau mit einem andern zu teilen. Und dabei war es doch nur ein einfacher Sekretär!

Und Lou, die wahrhaft adelige Tänzerin des großen Sultans der großen Türkei, die nicht zu haben war, nicht für Geld, noch Stand, ja nicht einmal für ein Pöstchen, wie das bei kleinen Leuten vorkommen soll, hatte sich, während der reiche Lord im Fieber lag, mit seinem pfiffigen Sekretär ehelich verbinden lassen auf ewige Treue, die sie ihm auch sicher hielt, und wartete nun in Geduld auf ihn.

Daß diese auf eine harte Probe gestellt würde, das wußte *sie* wiederum nicht.

Denn – das völlig Unerwartete geschah.

Der Lord wollte den Sarg nicht wieder bestatten lassen, sondern ihn auf dem Dach seines Wagens, unter Koffern versteckt, von Plachen verhüllt, mitnehmen auf seinen Reisen.

Jeden Abend, wenn es dunkel ward und er einkehrte, mußte der Sekretär ihn herunterholen, wobei Seine Lordschaft ihm gerne helfen wollte, was der Sekretär aber nicht zuließ.

»Ist wohl gar nicht so schwer, so eine Tote«, geruhte der Lord zu bemerken.

»Wie meinen, Euere Lordschaft«, hauchte der Sekretär.

»War ja immer schon ein leichtes Persönchen, die kleine Señorita«, bemerkte Seine Lordschaft ganz nebenbei.

Durch manches Jahr noch ging das so, und es stellte sich nie heraus, ob Lord John, der seinen Begleiter seiner Pfiffigkeit wegen schätzte, nicht noch etwas pfiffiger war, als sein pfiffiger Sekretär. Es wäre immerhin möglich.

Eines Tages aber, Lord John W. Beniloff war, wie der Totenschein zeigte, 75 geworden, erwachte er nicht mehr aus der nächtlichen Andacht am Sarge seiner Geliebten.

Im Testament hatte er seinem – nun auch nicht mehr gar so knusprigen – aber immer noch pfiffigen Sekretär ein Riesenlegat ausgesetzt, unter der Bedingung, sich niemals mehr von Lou zu trennen und zeitlebens für ihre würdige Ruhe zu sorgen.

Den ersten Teil des Letzten Willens seines Herrn erfüllte der

Sekretär getreulich. Für den zweiten aber konnte er nicht einstehen, denn er lebte mit Lou noch 40 Jahre lang, und sie hatten eine ungebührliche Menge von ungebührlich lebhaften Kindern, wodurch diese etwas makabre Geschichte doch noch gebührliches und glückliches Ende nahm.

Finden Sie nicht auch, meine Damen und Herrn?

Als Curt Goetz in seiner Anfängerzeit in Nürnberg engagiert war, machten die Herrn nach Abschluß der Spielzeit eine gemeinsame Bergtour. Übernachtet wurde in einer Hütte, wo Curt Goetz mit zwei rivalisierenden Kollegen sein Quartier auf dem Heuboden zugewiesen bekam. Wie er erzählte, entspann sich daselbst folgendes Gespräch.

ERFURT: Diese Saison hatte ich leider wenig Gelegenheit euch zu zeigen, daß ich heute der erste Charakterspieler in Deutschland bin.

ELFZENTHAL: Daß ich nicht lache! Mich nannte die ganze Kritik wiederholt den ersten im gesamten deutschsprachigen Gebiet.

CURT GOETZ: Donnerwetter, Donnerwetter. Da bin ich bescheidener als ihr. Mir genügt es, der Beste in dieser schäbigen Hütte zu sein.

»Wie hat Ihnen meine neue Komposition gefallen, Herr Goetz?«

»Wunderbar! Eine der besten Sachen die Brahms geschrieben hat.«

Curt Goetz wurde gefragt, ob er es je bereute Schriftsteller geworden zu sein.

»In letzter Zeit sehr sogar. Heute wäre ich lieber Komponist, weil man in der modernen Musik garantiert keinen falschen Ton anschlagen kann.«

»Wie finden Sie die Akustik in unserm neuen Haus, Herr Goetz?«

»Ausgezeichnet! Wir hören auf der Bühne den kleinsten Huster aus der letzten Reihe.«

»Hatte das Stück gestern wenigstens noch ein happy end, Herr Goetz?«

»Na und ob! Jeder war glücklich als es zu Ende war.«

»Ein grauenhafter Film, nicht wahr, Herr Goetz? Woher nehmen die Autoren heutzutage nur diese entsetzlichen Ideen?«

»Dem Ergebnis nach zu urteilen, von einander.«

Gefragt nach einer Definition für »Gentleman« antwortete mein Mann:

»Ich würde sagen, ein Gentleman ist einer, der Marilyn Monroe ohne entsprechende Handbewegung beschreiben kann.«

Befragt, was ich für das Wesentliche an meines Mannes Pointen halte, sagte ich:

»Daß sie ihm einfallen.«

Befragt, antwortete mein Mann:

»Ich verstehe nicht ganz, daß alle Welt dem Grundsatz huldigt, aller Anfang sei schwer. Bei Stücken, Filmen und Büchern, scheint es mir ungleich schwerer zu sein, ein Ende zu machen.«

Schlußpointe

Ich hatte mir vorgenommen, eine echte *Curt-Goetz-Pointe* bis zum Schluß aufzusparen. Hier ist sie, und echter könnte sie für mein Gefühl nicht sein. Sie hat mich »aus dem Hinterhalt angesprungen und überrumpelt ehe ich Widerstand leisten konnte« so wie mein Mann es einer Pointe vorschreibt, und ich hoffe, daß sie den Leser treffen wird, wie sie mich getroffen hat. Denn diese kleine goldblonde, harmlos-natürlich sich gebende Buchhändlerin Susanne schreibt mir:

> Liebe und so sehr verehrte gnädige Frau,
> ich glaube, daß ich Ihnen noch ein Geständnis machen muß. Ich habe *Curt Goetz* so geliebt, daß ich ihn nie verkauft habe. Ich habe ihn einfach niemand gegönnt.
>
> Ihre
> Susanne

Curt Goetz
Carneval in Paris
161 Seiten, DM 14,80
Dreimal täglich
60 Seiten, DM 6,80
Ingeborg
71 Seiten, DM 6,80
Sämtliche Bühnenwerke
1126 Seiten, DM 28,–
Tatjana
144 Seiten, DM 12,80
Die Tote von Beverly Hills
175 Seiten, DM 14,80
Viermal täglich
52 Seiten, DM 6,80
Das große Curt-Goetz-Album
179 Seiten, DM 20,–
Die Memoiren des Peterhans von Binningen
183 Seiten, DM 16,80
Napoleon ist an allem schuld
90 Seiten, DM 12,80
Erschienen bei der
Deutschen Verlags-Anstalt